作曲少女

仰木日向 著
まつだひかり 繪
廖芸珮 譯

繁體中文版刊行致敬詞

○致台灣的讀者朋友們

大家好，我是仰木日向。這次能夠發行針對台灣讀者的繁體中文版，我感到非常榮幸。

在我個人的交友圈裡，我的台灣朋友都非常友善，不但重視禮儀，更珍惜生而為人的驕傲。或許你和我遇見的台灣朋友彼此不相識，但你可能認識他們的朋友或親友，所以還是非常感謝你購買本書。

近年來，來自台灣的創作者頻繁在日本嶄露頭角，他們的才華讓許多日本粉絲感到驚艷和感動。我是出生和成長都在日本的自由工作者，持續致力於寫作和音樂創作。我的作品有幸輸出海外，送達到海外的讀者手中，對我來說是莫大的喜悅。

《作曲少女》是為作曲初學者撰寫。如果這本書能讓你的譜曲更加愉快，我會感到非常高興。

順便一提，在日文版中，いろは的名字是用平假名書寫，不知道繁體中文版中會使用哪個漢字呢？我不懂中文，但我打算趁這次機會好好學習，也正在計畫來一趟台灣旅行！

最後，衷心感謝譯者、及協助繁體中文版發行的相關人員，還有通路零售商、和一直相當關照我的編輯。感謝你們一直以來的支持。我會繼續努力寫出不負眾望的優質作品。

2024年4月

仰木日向

＊～＊～＊～＊～＊～＊～

推薦文

服部克久（作・編曲家）

如果能用哼唱的方式譜寫旋律，並用鋼琴或吉他彈出自己創作的曲子，會是一件多美好的事情啊。然而，心血來潮買了作曲書，讀了十頁便感到挫折的人應該不少吧。

本書的主角便是如此。開頭從花大錢買了樂理書、眼看就要變成廢紙，展開一段充滿青春氣息的故事。你可以跟隨彩葉體驗在兩週內完成一首曲子的過程，從中學習不看任何作曲理論書也能作曲的方法。

「即使不會寫樂譜也能創作音樂」已經不是什麼新鮮事，但沒人敢高聲談論，據說某位現役知名作曲家就是顯著的例子。說到底，送到編曲人手裡的音源資料，大部分都只是Demo和寫了和弦名稱的一張薄紙而已。即使不會寫譜也能做出暢銷歌曲，所以什麼樂理啊、理論等都Go to Hell吧。

我認為作曲就是將心中想像的風景或情感轉化成音樂語言的過程。當有一段歌詞時，就可以根據單詞的抑揚頓挫，音高調整，寫出屬於這段歌詞的旋律。若進一步依照個人喜好或傾向來微調，完成度也會更高。

重要的是，當看到或經歷什麼美好或不愉快的事物時，不要將它們藏在心底，要哼唱出來，即使只是簡單的「啦啦啦」也好，必須養成這樣的習慣。

我工作時喜歡開著電視但切成靜音模式。雖然電視無聲，但當我聚精會神聆聽時，就能聽見像是風吹的聲音，有時，甚至會進入類似幻聽的狀態，可以聽到弦樂等樂音。可能是我的腦袋充滿了音樂，所以自然而然就朝著音樂方面發展，最終走上作曲家之路。

當腦海中出現音樂時，要趕緊寫下來，或用作曲軟體記錄下來，一步一步完成曲子。雖然學習寫譜方法、或輸入方法的過程可能枯燥乏味，但看見作品的那一刻就會覺得很值得。

然而，重點是，如何在腦海裡浮現出音樂？……這本書將給你許多提示。

本書非常適合想嘗試作曲，但面對那些繁瑣或讓人頭痛的樂理而卻步的人。它不只有趣，還有使人引人入勝的作曲方法，尤其是展開為期兩天夜宿營完成一首曲子的過程。

當你開始能夠用音樂表達情感，進而想自己創作配樂或純音樂時，可以找出家裡的樂理書來閱讀。猴子不會作曲，但讀完這本書的你或許可以。

當然，即使不能也無法退款，敬請諒解。

○開場

「不行了……完全看不懂……」

得意洋洋看著一週前在二手店買的電子鍵盤樂器，還有身邊堆積如山的音樂書。我的心底湧上一股「不妙」的感覺，卻拼命試圖說服自己：「沒事，我可以！」。

我叫山波彩葉，長相普通、頭腦也普通是我的寫照。一名十六歲的高二生。總覺得我的人生似乎缺少了什麼東西。想當初懵懂無知的我上了考場，迷迷糊糊地進入高中就讀，不知不覺已升上二年級……這樣下去的話，好像會錯過或失去什麼東西。我指的是像漫畫或電視上演的那樣，歌頌青春、感動、熱血……足以成為人生中的珍貴經歷，就是少了可以使我全心全意投入的事情。

班上有些同學相當熱衷在打扮上，盡情享受高中生活，但是我對那種醒目的裝扮不感興趣。我沒有染髮，而且是上衣會塞進褲子裡的那種學生。遵守學校的規定，留一頭平凡無奇的中長直髮，頂多在書包掛上現在流行的鑰匙圈，怎麼看都只是一個普通的高中生。我的成績並不優秀，也不是體育生。社團活動結束後幾乎是直接回家。若用字典查「平凡」這個詞感覺會出現我的頭像一般，總之就是相當平凡。即便如此，我也想嘗試做一些不同凡響的事情。屬於自己的特別事情。平時滿腦子一直想這件事，忽然就想到作曲。雖然還在摸索階段。

「是我太低估作曲，這根本是天方夜譚……」

環視房間裡的東西，我感到一片茫然。矮桌上放著一台一萬日圓的中古電子鍵盤樂器，和五本定價都超過兩千日圓的音樂書。總共約兩萬三千日圓。在一時逞強買下看起來很艱深難懂的理論書裡，寫滿了讓我一頭霧水的圖表和公式。那些標榜著「連猴子都能懂的作曲入門書」，實際上對我而言只是說明自己比猴子笨!?

雖然只用了一點零用錢就買到音樂書和樂器，但不知道該從何下手……天啊，話說為什麼音樂書都這麼貴？我已經花了兩萬三千日圓，兩萬三千日圓耶！該怎麼辦呢？我知道「既然要做就要有覺悟」，但還是有點倉促行事了。該怎麼辦？我的兩萬三千日圓……唉，不禁悲從中來……

「不行！不能這樣算了，我還沒放棄！況且頭都已經洗下去了。」

我決定了！一定要堅持下去，絕對不能白白浪費我的寶貴零用錢。

「對了，或許可以找她……」

目次

序……2
推薦文（服部克久）……4
開場……6
第1天 小珠與我……11
專欄—作曲必備器材
第2天 儘管如此，我還是很在意樂理……31
第3天 音樂與電影非常相似……43
珠美的提醒—我使用的器材
第4天 聽音記譜……59
專欄—作曲必備軟體
第5天 越不過的高牆……79
第6天 堅持下去的人與堅持不下去的人（上篇）……85
堅持下去的人與堅持不下去的人（下篇）……101
珠美的提醒—如何進行聽音記譜？

第7天 跨越最初的高牆 111
專欄—作曲軟體的操作方式
第8天 聽音記譜的最大難關 125
第9天 音調 139
專欄—各音調裡的基本和弦
第10天 旋律線與結構 159
第11天 給小珠驚喜大作戰 173
珠美的提醒—天才高中生的書單
第12天 風格重組 185
珠美的提醒—「風格重組」簡單說就是這種感覺
第13天 作曲夜宿營（上篇） 203
第14天 作曲夜宿營（下篇） 245
尾聲 260
後記 266

第1天

小珠與我

一宿醒來，今天是十二月二十二日結業典禮。在二年二班教室裡，一群人圍著暖爐熱烈討論寒假要去哪裡玩之類的話題，七嘴八舌停不下來。

但我的視線並沒有停在他們身上，而是看向獨自坐在教室窗邊一角的座位，突然趴下休息的同學。她那副顯眼的厚重耳機似乎示意著：「別來跟我搭話」，散發出讓人難以親近的感覺。

這位女生叫做黑白珠美。大家都叫她小珠。她可不是普通的高中生，可以用容貌秀麗、頭腦清晰、異想天開、天下無敵、音樂天才來形容她。儘管還在學，卻已經是職業作曲家，簡直就是天賦異稟的高中生。她的音樂才能無庸置疑，但措辭也相當犀利，就像捨去了多餘的裝飾，性格有點古怪。她腦中似乎沒有「委婉」這個概念，正因如此，討厭小珠或覺得她難以接近的人也不少。

雖說難以接近但不代表她是問題人物，單就外表而言，她留著一頭栗子色的微捲長髮，稍顯疲憊的眼神和嚴肅的眉型。總是給人一種對什麼事都不感興趣的印象。不過令我感到好奇的是（無論在校內或校外），她不是戴著耳機，就是戴著玩偶帽子，這種帽子像是舞濱主題樂園裡會販售的款式。

「那個、小珠……」

於是我帶著些微緊張的心情，試圖接近這位有點古怪的同學。

「那個、小珠……？」

「……」

小珠毫無反應地趴在桌上，頭也不抬。可能是戴著耳機，正在聽音樂……？雖然絲毫沒聽到從耳機外溢出來的音樂。

忽然間我想到了一個妙招，我把口袋裡的暖暖包放到小珠的手上。

「哇！」

「哇？」

「……好燙！也不是很燙，喔，原來是暖暖包啊。」

「啊，小珠……妳坐這裡不冷嗎？」

「嗯？山波同學？嗯嗯，有點冷，怎麼了嗎？」

「需要的話可以拿去。很溫暖吧。」

「……喔，謝謝。」

她看起來有些驚訝。不過，沒有我想像中的那麼可怕。趁現在！

我一鼓作氣在小珠前面的位子坐了下來。

「嗯……怎麼了？有什麼事嗎？」

「我叫山波彩葉。」

「我知道啊，同班同學嘛。」

「啊，也是……」

「……所以咧，有什麼事嗎？」

「那個……能不能教我作曲？」

「……」

小珠先是露出驚訝的表情，然後轉而略帶疑惑。

「為什麼想作曲呢？」

「嗯，為什麼呢……我想想……」

被妳這麼一問，一時半刻也說不上來……

「總之我想嘗試作曲，但實在太難了。聽說小珠很會作曲……所以……」

糟糕！仔細想想教我作曲對小珠可能一點好處也沒有。怎麼辦？我不知道怎麼回答她，她確實沒有必要教我。

「呃……」

小珠沒有說話，眼睛直勾勾地注視著我的臉。很少被別人這樣子直視，感覺我的心思都被看穿了，有點可怕。

「想說也許妳會願意教我……不過，妳似乎很忙，哈哈……」

原本沉默無語的小珠終於開口，語氣略帶沉重地說道。

「大致上，**習慣向別人求助的人都不是想徵求他人的「意見」，而是想獲得他人的「支持」**。同樣地，**需要別人給予建議的人說穿了只是想要一個「可以轉嫁責任的對象」**。其實幾乎沒有人是真心想向別人討教。」

「咦……？」

「……」

「……這、這個嘛……哈……哈哈……」

果然是音樂才女會講的話。這一個彷彿經歷幾生幾世才悟出的道理，打中我內心深處的愧疚不安，在我心中迴響不已。

「……」

不……不行了。壓力好大，還是放棄吧。

「對不起！果然讓妳感到困惑了……就當沒這回事！對、對不起！」

當我急忙地裝作沒事，正要轉身離開的時候。就在此時。

「等等、等一下！不、不是那樣的……」

小珠突然握住我的手，並有點慌張地對我說。

「嗯……什麼？」

「添、什麼添麻煩，我沒有這樣說……吧？」

「咦？」

「我可以教妳作曲！」

就這樣，我拜小珠為師，展開為期十四天的作曲課。

＊～＊～＊～＊～＊～＊～＊

「小珠的房間耶……哇！這是什麼？太厲害了！簡直是錄音室！」

結業典禮結束後，我們便直奔小珠家。我踏進小珠房間的瞬間，就感到我來到一個有點不尋常的空間。

「哇……這是什麼器材？看起來好酷！」

我在電視上看過類似的場景，就是訪談音樂家的節目中，音樂家的房間裡充滿許多很酷的東西，和各種奇特的器材，像太空船一樣會發光的東西。小珠的房間就像這類場景的縮小版。還有其他東西，例如飛機模型、怪獸玩偶、漫畫和玩具等擺設。但在中心位置上有著一個大型音箱、個人電腦與鍵盤。

「家裡只有柳橙汁……」

「啊，不用費心，沒關係！」

小珠在我還在四處張望，不斷發出驚嘆聲的時候，用托盤端來柳橙汁。一開始她給我的印象有點可怕，但實際上似乎不是這樣子。

「妳在看什麼？」

「啊，對、對不起。」

「不用道歉啦……只是好奇妳在看什麼東西而已。」

「小珠的房間散發出專業音樂人的氣質！好多酷炫的器材！」

「山波同學……」

「叫我彩葉吧！」

「喔，好喔。彩葉平常喜歡聽什麼類型的音樂？」

「咦？那個……我想想喔。」

小珠的聲音聽起來似乎有點興奮？

「我的話嘛，對了……最近喜歡傑可・帕斯透瑞斯（Jaco Pastorius）。妳知道這張專輯嗎？超級厲害的專輯！它會讓妳對貝斯的概念有所改觀。」

「哇……！」

糟糕，開始上課了嗎!?

「這是傑可的第一張專輯，喬・薩比努爾（Joe Zawinul）聽完這張專輯的第一首曲子後，立刻打電話給傑可，並興奮地說到『很出色的低音大提琴演奏，不過你能用電貝斯彈嗎？』傑可回答：『那首歌的 Demo 帶就是用電貝斯演奏！』以當時的情況來看，傑可的演奏不但創新又有革命性，現在聽還是覺得相當精彩。」

唉……怎麼辦，我完全聽不懂。

「小珠……」

「嗯!?」

「是說……我可能會讓妳失望，其實我完全沒有音樂底子，並不是很懂……抱歉。」

「沒關係。下次再跟妳分享吧。」

幸好她不介意，太好了。

「抱歉是我忘記了。剛才回家路上大致了解山波……彩葉是接觸音樂不久吧？剛實在對不起，請別在意。妳說過想改變一成不變的生活，於是一頭熱地栽進音樂世界，不過光是準備需要用的東西，就已經花了不少錢，現在是騎虎難下，不得不求救，大概是這樣，對吧？」

呃……嗯嗯……

「是那樣沒錯。」

「咦？是不是我講錯話了，妳看起來心情不太好。」

「不是，我是覺得自己好像太依賴別人了。」

「不要這樣想，不恥下問很好啊。誠實面對自己的無知，並尋求他人協助，通常會遇到很熱心的人。況且，那些知名音樂人一開始也是新手。」

「嗯！」

感覺小珠的個性有點粗線條呢。到底是否定我，還是肯定我呀，真是難以理解。

「我可以教妳作曲，不過要先知道**作曲不是那麼容易的事情**。」

「嗯，我隱約感覺到了……」

「我不是要嚇唬妳，其實作曲的門檻比其他藝術創作高。例如繪畫，就算畫不好也勉強能畫出一幅作品。可是寫出第一首曲子卻是非常不容易。書店裡可以找到一些音樂書，有些書名看起來相當吸引人，像是《誰都可以作曲》或《連猴子都能學會作曲》，很遺憾那只是商業話術。

毋庸置疑，作曲是一種特殊技術。」

「那本書！我也有買！果然是騙人！」

「啊啊，妳買了啊。完全看不懂，對吧？」

「嗯。感覺是寫給知道這些專業用語的讀者，寫了許多猴子當然不會知道的音樂知識……這樣就算了，書裡還有樂譜之類的東西，和讓人看了一頭霧水的內容，不禁自言自語想問：那是怎樣的音？現在到底在講什麼？這些知識可以運用在哪裡？」

「我理解妳的感受。若是剛開始作曲，彈奏通常是必備的能力。吉他、鋼琴或小喇叭等，什麼樣的樂器都可以，總之**要會一種樂器，這是作曲入門的先決條件。**」

「嗯嗯……」

「彩葉不會樂器但想作曲，從現實面考量是相當困難。」

「我了解。」

「但是沒關係，我有一個想法。」

「什麼？」

小珠邊說邊從書架上取下一疊書並重重地放到桌上。這些書裡有《樂典》、《和弦技巧》、《爵士理論》……當中的幾本，我也有買。

「這裡面有各種音樂書。」

「嗯，看起來都很棒！跟我當初買的書差異很大呢。」

「這本《樂典》可以幫助你搞懂音樂的基本規則。無關個人喜好或曲風，屬於一般音樂常識。《和弦技巧》主要講述如何使用和弦及應用。《爵士理論》是即興必備，包括音階、調式、五度圈等知識，就像一本音樂大全，書中還會說明什麼是令人印象深刻的旋律。這些都是理解音樂創作方法上，相當有幫助的書籍。坦白說真的很棒。」

「嗯。我從買書開始就做錯了……」

「不，我不是那個意思。」

「咦？」

小珠頓時安靜下來，好像是腦中有各種詞彙在轉呀轉。沉默一會後開口了。

「其實，當我寫出曲子之後，才真正理解書裡寫的東西。」

「什麼？」

咦！我不懂妳的意思。

「簡單說，我不是看書學會作曲，而是在**做出曲子後才明白書上寫的東西**是什麼意思。」

「等一下，那樣的話，順序不就顛倒了嗎？」

「沒錯。而且幾乎大部分的人都會附和我的看法。因為讀了音樂理論而學會作曲的例子，反而很少見呢。」

「呃……」

怎麼辦？我的腦袋已經一團混亂了。

「坦白說，妳需要的不是理論書。就算什麼都不懂也沒關係，只要**『努力先做出一首曲子』。這才是上策。**」

「嗯。所以不管是這本書也好，還是妳買的書，在做出第一首曲子之後，才派得上用場喔。」

「原來如此……」

「明白了。」

雖然我還不能完全體會小珠的意思。但對於毫無音樂基礎的我來說，其實根本沒有把握看書自學作曲。聽了小珠的一席話，讓我更加莫名認同。

「那……這本書的價值是……？」

「這個嘛，這些書全部都是名作。它的價值可是遠遠超過定價呢。但這些書無法讓妳學會作曲，基本上是給已經會作曲的人『釐清樂理』的祕笈。

不只是專業音樂書，入門書也是如此。**作曲必須做中學**，才能真正活用樂理！」

「原來如此。」

我終於明白小珠的意思了，不過還沒有實際體會一番。

「但是小珠……像我這樣的初學者該怎麼做呢？」

「想辦法做出曲子啊。」

「嗯……」

但我就是因為不知道怎麼作曲才買書呀。

「就是因為不知道怎麼作曲才買書，是吧？」

「呃……對。」

嚇我一跳。小珠該不會有讀心術吧。

「我想再確認一下，彩葉是認真想學作曲嗎？」

「嗯，認真想學。」

小珠只是盯著我，一陣沉默之後，緩緩地開口說話了。

「十四天。」

「十四天？」

「按照我的估計，十四天後就能創作出符合妳心目中想像的曲子。」

「真的嗎!?」

「嗯，我想應該沒問題。」

「只花十四天……那麼快就能學會作曲嗎？」

「不如說**作曲並不是花時間就能學會**。況且我也不喜歡『假裝很努力的努力派』。所以我只教必要的東西，不浪費時間和精力。可能需要做一些聽力訓練，但會縮短到只學最基礎的知識。這對我來說也是一項挑戰，要不要試試看？」

「要。」

「確實有點辛苦喔！真的沒問題嗎？」

「我有心理準備，沒問題！」

「很好。不過或許完全不會用到這些書喔。我會照我的方法。」

「一本也不用嗎？」

「對，在做出曲子之前都派不上用場。所以我要教彩葉『不使用音樂理論的作曲方法』。」

「那樣行得通嗎？」

「我無法打包票，但應該可以。我以前也完全看不懂音樂理論，但還是寫出曲子了。」

「哇！不過我還搞不清楚狀況，那一切就交給小珠了。」

「好，我們馬上開始吧。」

「嗯，拜託妳了。」

「首先呢，要先買東西。」

「咦？買東西？」

「沒錯，買東西。」

喔，應該是要買需要用到的教材之類吧。

「要買什麼樂器嗎？是說我已經沒多少錢了。」

「啊，不是不是。有琴鍵就可以。要買的東西和音樂無關。」

「咦？」

～～*～*～*～*～*

「小珠，真的有需要買嗎？」

我和小珠搭地鐵轉來轉去，在不同地方買了喜歡的東西。所謂喜歡的東西，真的和音樂一點關係也沒有，純粹是自己喜歡的東西。像是某個角色的周邊商品。總共花費一萬日圓。但出於單純喜歡，所以完全不會覺得心痛。

「當然。很重要喔。說是最重要的事情也不為過。」

「是……是這樣嗎？」

不久便回到我家。手上拿著剛買的東西。真的都和音樂毫不相關，到底要用它們做什麼呢？

「彩葉，我們現在就用這些東西和房間櫥櫃裡的東西來布置書桌吧。」

「什麼？」

不是已經有桌子了，就是放電子鍵盤樂器的矮桌。

「不能用矮桌嗎？」

「也不是不能啦，只是不盡理想。就用這張書桌！」

小珠邊說邊把放在書桌上的教科書和其他雜物快速地搬到矮桌上，清空桌面，然後在空無一物的書桌上擺放電子鍵盤樂器，接著開口說話。

「來吧，用妳喜歡的東西布置桌面。連桌子前面的牆壁和桌子底下的地板都要布置喔，貼海報、擺玩偶，讓它充滿你喜愛的東西。」

……？

「小珠，這些真的跟音樂有關嗎？」

「妳要我說幾次，真、心、不、騙。都說這是最重要的事了。」

「不過桌面擺滿喜歡的東西有何用意？」

「非常重要呢。」

「真心？」

「真心。」

我默默照著她的指示做了，但開始有點半信半疑。我還是不相信桌面擺滿喜歡的東西就能做出曲子。就連我也知道這是不可能。但是，偏偏小珠如此斷言……究竟是怎麼一回事呢？

「別一副不相信的臉嘛。不然我先解釋一下它的重要性吧。」

小珠一邊在桌面上排列各種物品，一邊說明這件事的意義。

「所謂作曲到底是什麼呢？若撇開技術面，作曲是指先想出一段旋律，再譜寫成樂曲或背景音樂，妳大概也認為是這麼一回事吧？其實不然。**真正的作曲是指『將自己在某個時間或地點所經驗、體驗到的感動和記憶，轉化成音樂的語言重現出來』的過程。**」

小珠一邊說，手也沒閒著，一下子把帽子戴在娃娃的頭上，一下子又換成杯子……突然，她的表情頓時變得嚴肅，然後接著說明。

「**這張桌子是很神聖的領域**。它是將動人情景重現出來的藝術工場。妳可以擺放一些對自己而言很有意義的東西。我的書桌就擺了畫冊、珍藏的狐狸娃娃、動畫和電玩商品、寶貝樂器、飛機模型、恐龍玩偶、超級喜愛的CD、海報等，在這些東西的正中間，放置琴鍵、電腦和器材。當使用那張桌子時，或偶爾為之也好，請回想『自己曾經被什麼感動，接下來想創作什麼樣的音樂？』其實不只音樂創作者，漫畫家、插畫家、電影導演、小說家等，幾乎所有的創作者都會這麼做。彩葉，從現在開始，妳必須深切體會我所說的話，希望妳牢記在心。」

……嗯。

原來真的有意義。原本以為我被小珠隨便說的話戲弄了。

「小珠突然說出頗有創作者風範的話。」

「只要是從事作曲的行為，就可以稱上是創作者。所以，只是擺設物品還不夠。彩葉，我再說一遍，**在開始作曲之前需要認真思考『自己曾經被什麼感動？』和『想要重現什麼？』**很多人甚至不先構想就開始作曲，還說『自己沒有特別想寫什麼東西』。若只是亂湊音符，哪有可能回憶起什麼令人感動的事情。所以，開始作曲前一定要構想，**盡可能具體地描繪出來**。這樣才是彩葉想創作的音樂。」

太厲害了。小珠真神奇，剛剛還覺得她一副隨性浪漫的樣子。真不愧是音樂才女。她過去到底過著怎樣的生活呢？

「接下來請好好地裝飾桌面。至於具體的作曲方法，就留明天再說。」

「好。我會努力布置！」

＊～＊～＊～＊～＊～＊～＊

小珠回去以後，我照她的建議在桌面上擺很多我喜歡的物品，甚至有點太多的程度。但總是感覺哪裡奇怪。突然意識到原來我喜歡這些東西，意外地有了重新認識自己的機會。這隻娃娃、這本書、這個角色、這張ＣＤ還有這幅插畫……都是我以前就很喜歡的東西，現在在我眼前一字排列，也不斷喚醒腦海中的老舊記憶。

中古電子鍵盤樂器則擺放在桌面正中央。

「小珠為什麼肯教我作曲呢？」

小珠可是我們班上最優秀的學生。她說十四天內要教會我作曲，雖然第一堂課好像跟音樂無關，但我覺得很踏實。唯一不明白的是，為什麼肯教我作曲呢?的確，是我向她求助但……

「找時間再問她吧。」

時間來到晚上九點。從明天開始就是高二寒假。打開窗戶，冷風吹進來，吹在我掩飾不住興奮而微熱的臉頰上。也許，即將發生令人心砰砰跳的大事，我有預感。

總之今天就到這裡結束。晚安！

專欄

作曲必備器材

使用個人電腦進行作曲（DTM）的必要器材。

■ PC

使用筆記型或桌上型電腦都可以，但螢幕大一點比較方便。作業系統（OS）是「Windows」或「Mac」都可以，只是使用的軟體隨之不同。

■ MIDI 鍵盤（連接到個人電腦的鍵盤樂器）

就是連接到個人電腦上使用的鍵盤。每款 MIDI 鍵盤幾乎都有內建作曲專用的「DAW（數位音訊工作站）」軟體（參照第 78 頁）或演奏專用的軟體，可以用它來演奏、錄製演奏內容等。

琴鍵數量多為佳，但要選擇桌面上能容納的大小才方便使用。

有它更加便利！

○頭戴式耳機／音響
個人電腦內建的音響通常音質不會太好，所以建議買頭戴式耳機，或使用能輸出大音量的一般市售音響。

○錄音介面
將音響或吉他等樂器連接到個人電腦上時需要的設備。

絕對音感很厲害但…

怎怎怎、麼辦啦，小珠！
我…聽說沒有絕對音感就表示沒有音樂天分。
蛤？妳聽誰說？

網路。
原來是網路。

絕對音感只是「具有的話很方便」而已。
我也沒啊！
但是…
但是？

妳看…
是不是很帥⁉

第2天

儘管如此，我還是很在意樂理

隔天早晨，昨天的興奮感消失無蹤，此刻只感到有些沮喪。

昨晚的事一度讓我心情大好，但……當我布置好桌面之後，一股我也能做出很棒曲子的感覺油然而生，可能是一頭熱衝過了頭，我決定自學一些音樂知識，打算讓小珠誇獎一下，所以上網瀏覽了許多作曲方法之類的內容。但差點讓我失去信心。

失去信心的癥結就在音樂理論。雖然說出了這個詞，但實際上我對它一無所知。即使不了解，我還是努力查找一些資料，結果反而讓自己更加困惑。儘管如此，總之呢……

「我不解為什麼大家的意見如此分歧？」

我瀏覽不同作曲教學網站、音樂網站和初學者學習天地，也觀察社群媒體一些懂作曲的人之間的對話。我發現大家對音樂理論的見解都不一樣。我一度懷疑這些人說的是同一個東西嗎？不應該是這樣……雖然完全沒有學過音樂理論，但有人說『樂理很重要』，也有人說『樂理根本不重要』，還有人說『沒有完全學會樂理反而創作不出來』……把我搞得更加糊塗了。

趁腦袋還沒因過度使用而故障之前，我決定轉換心情，觀看一些有趣的貓咪影片再上床就寢。這就是昨晚發生的事。作曲必須懂音樂理論嗎？這樣一想，心情突然變得沉重許多……

＊～＊～＊～＊～＊～＊～＊

「事情就是這樣……」

於是我今天也來到小珠家。小珠應該有辦法幫助我排解苦悶心情。

「就這樣？昨天也說過了，妳會慢慢了解樂理到底是什麼東西。現在不需要太在意。」

「可是，感覺樂理好像很重要，有點擔心呢……真的不懂也沒關係嗎？」

「所以說……唉，看來不管我再說幾遍，妳還是會感到不安。妳這是過度擔心。」

「一般都會不安吧？像妳一樣的音樂奇才應該很少見。」

「不，不能這樣說。我起初也是完全一竅不通啊。」

「咦？是喔。」

「真的。我剛開始作曲時，也寫過很糟糕的曲子。自己也感覺哪裡怪但還是把它完成。就這樣一直寫，一直寫……從沒遲疑過是否該繼續寫下去。只是**與其空想，倒不如先實際寫出曲子。**」

「……果然小珠是有點特別呢。」

不愧是天才。我們平凡人很難做到，所以總是猶豫徘徊，漸漸迷失方向……

「不不，我覺得自己很普通。只是想把感受表達出來而已。」

「是啊，聽起來很簡單，但知易行難……比如說，像我這樣的人就會想很多。就算抱著怪也沒關係的心情把曲子寫出來，還是會在意被別人取笑……」

「不要給別人聽就沒事了啊。」

「是沒錯……還有，在創作過程中很難不自我懷疑，腦海會不時閃過『啊啊，我在寫什麼東西、好爛喔、明明什麼都不懂還硬要……』念頭，明知道自己寫得很爛，卻想繼續寫下去的心情，其實相當折磨。」

小珠大概不會有這種感覺吧。我根本是自曝其短。

「……這樣啊。」

唉，看來她是不太能理解……

「總之，像我這樣寫不出東西的人，往往會以為樂理可能有點幫助。但查了也看不懂，根本是白費力氣……但是，總覺得這樣做比較好……」

「嗯，原來是抱著這樣的心情。」

小珠抓抓頭，一副若有所思的樣子。

「雖然說不用樂理也可以作曲，但還是很在意的話，就請聽我說吧。先來談談什麼是音樂理論和其必要性。」

「好！我洗耳恭聽。」

「樂理學習這件事呢，其實跟語言學習很類似喔。」

「語言學習？」

「Right. When we make a piece of music, it's just like "talking in different language". Something like this.（當我們創作音樂時，就像是「用不同語言在說話」。就像這樣。）」

「咦！上英語課!? 那個……hi,nice to meet you. 彩葉……山波……」

「突然講英語嚇到妳了吧？」

「……那是當然，嚇死我了。沒想到妳的英語也講得很好呢。」

「目前妳的音樂程度跟英語程度差不多。雖然聽不太懂，但似乎可以明白大概的意思。」

「咦？……啊，我懂妳的意思了。」

「我想妳應該也有被某首音樂感動的經驗，但又說不出具體的原因，例如『整體氣氛讓人感覺很舒服』……不可否認，它的確可以統括對這首歌曲的感受，但換成是創作者的話，就必須具備自由操縱這種氛圍的技巧。」

「嗯，感覺是那樣沒錯。」

「具體來說，是指能夠『掌握音樂性的語法、音樂性的詞彙、以及音樂性的對話。』基本上近似於學習一門外國語。」

「聽起來很酷呢。」

「世人經常在『音樂理論是否必要與不必要』上爭論不休，其實這場爭論發生的原因，舉個例子就可以解釋清楚。若把音樂比喻成英語對話，那麼在日常生活中使用的英語，或許就不需要在乎文法正確與否，相反地，在正式場合中使用的英語，就不能不注重文法。所以不同的使用情境……也就是音樂類型，所依循的樂理規則和嚴謹程度也會有所不同。因為大家是就各自的『音樂類型的規則』來表達意見，因此在樂理是否必要的看法上難免會產生分歧。」

「原來如此……」

是說，小珠的英語為什麼說得這麼好呢？真神奇！因為是天才嗎？

「許多樂理書或入門書難免都會用數學來解釋音樂理論，但我覺得很容易產生誤解。畢竟，**音樂無法透過算式來傳達想說的話**，倒比較像是表現一種感受，例如『告訴你世上有這樣的事情！』、『你聽！是不是超級棒！』、『這就是我的最愛！』，並不是某個死板的算式。」

「是不是一種比起理科更偏向文科的感覺呢？」

「沒錯，就是這樣。刻意用理科思維來作曲也不是沒有，不過我覺得音樂的感性成分較多。硬要套用邏輯或算式來表達相當困難。**感性是音樂不可欠缺的一部分**。」

「太好了。對自己有點信心了。」

「彩葉較偏向文科？」

「嗯，可能比較偏向文科，並不是說很拿手啦。」

「理科生或許很適合用理論式作曲法，他們比較能理解艱深的理論書。因為我自己是超偏文科型，老實說我也不是完全理解那種方法。」

我從來沒有想過音樂是屬於理科或文科範疇的問題。但是把音樂想成跟英語會話差不多，好像比較沒有那麼不安了。……啊不，雖然我的英語會話能力也不是很好。

「順帶一提，音樂和語言當然不一樣。不過，妳覺得音樂和語言哪裡不一樣呢？」

「什麼意思？」

小珠突然這樣問我，音樂和語言到底哪裡不一樣？奇怪了，剛剛不是才說它們非常相似嗎？

「嗯……」

是不是……差別在於有沒有旋律性？還是節奏？……啊，但會話也不能說沒有節奏呢。嗯……

「這個問題對我來說太難了。」

「你現在還不太理解很正常。**音樂有別於語言最大的差異在於『不清楚表達出意思！』**」

「不清楚表達出意思？」

「正因如此，音樂可以不使用任何明確的詞彙，就能表達相當複雜的會話。音樂的會話僅是透過氛圍呈現，類似默劇或肢體語言。這項特徵在音樂以外的其他語言中絕對看不到。」

「是嗎？」

那……結論到底是什麼呢？不清楚表達出意思？

「所謂的歌曲……也就是有歌詞的歌曲通常叫做歌。不過，這裡提到的音樂是指背景音樂。」

「嗯。」

「**音樂可以表現出『開心、帥氣、恐怖、可愛……等氛圍』，但不是用具體詞彙，而是用氛圍來表達。**比如，運動會的音樂聽起來無法使人放鬆，對吧？」

「對耶。明明沒人大聲吆喝『快一點！』，身體卻會自動加快速度。」

「**音樂可以說是不清楚表達出意思的一門語言。**但它的表達強而有力。是一種沒有詞彙的語言。這項特性讓音樂可以用於各種文化中。當主人公說出『我愛你』這句台詞時，背景音樂是浪漫或不安，將完全改變『我愛你』的含意。正因為音樂具有『不清楚表達出意思』的特徵，使音樂這種語言愈發好用，所以廣泛使用在影像表現中。」

「不過，這樣聽起來感覺音樂更加不著邊際，難以捉摸了……」

「不需要想得太複雜。和學習英語會話一樣，在聊天中就能慢慢記住了。就算不看著書本唸也能學會。」

＊～＊～＊～＊～＊～＊～＊

我們一邊休息，一邊吃著零食。

「話雖如此，我可是站在『音樂理論有絕對必要』這邊。」，小珠接著說道。

「是嗎？不過剛剛小珠給人感覺比較像是支持開口就能學會英語會話……」

「嗯。沒錯啊，但若再深入下去，就無法避開音樂理論。用音樂能夠進行日常對話只是達到作曲的最低門檻。**為了用音樂這一種語言說出有趣的故事，還必須學習『巧妙的犯錯方法』。而樂理就是『為了犯錯而學的東西』**。」

「咦？」

小珠又在說我聽不懂的話了。我該怎麼回應呢？

「呃……不太懂什麼意思？」

「剛才妳不是有說『不想出醜被取笑』嗎？」

「是啊。」

「聽著，彩葉……**丟臉是創作的必經之路**。剛開始做出來的東西可能很糟糕，但不害怕失敗，就是踏出最重要的第一步。」

「嗯……也許吧。但還是有點不想被別人取笑……」

「所以不被取笑就會開心嗎？」

「硬要說的話……」

什麼意思？跟音樂理論有什麼關係呢？

「聽著！把自己的作品拿給別人聽時，最不希望得到的評價就是『普通』。若每次都被這樣說時，就要感到懊悔，並進行反省，更要激發鬥志。即使**按照樂理做出沒犯錯的『正確作品』，若不是有趣的作品，也沒有任何意義。**」

「是說作品不能平凡庸俗嗎？」

「直白一點可以這麼說。不過，要做出不庸俗的作品，就不得不運用剛才說的「樂理是『為了犯錯』而學的東西」。或許妳現在還不太理解，但這點非常重要。妳知道喜劇吧？**喜劇之所以有趣，是因為負責搞笑的人會講一些反常理的事情讓人發笑的關係。**」

「嗯……我好像懂了。」

「再舉一個簡單易懂的例子。現在我要說一件『有趣的事』。」

「嗯。」

「話說我最近在減肥。炸薯條算是蔬菜，吃了不會胖！配健怡可樂下肚簡直太完美了！」

「什麼!?妳確定?完全不可能減肥吧。」

「對吧。這句話有很多可以吐槽的點。若改成『正確』說法的話……」

「因為正在減肥，所以我盡量不吃碳水化合物含量多且容易發胖的食物，像是馬鈴薯。然後也會喝可以抑制脂肪吸收的茶飲，很完美吧！」

「這麼說來……好像真的變普通了耶。」

「沒錯，『正確』就難免變成『普通』。一點都不吸引人。」

「好像是那樣……」

「妳也許會想這樣是不是就不需要正確的理論了呢？答案非也。**正因為理解正確的理論，所以能夠『有意識地犯錯』**。換句話說，當知道怎麼寫會令人感到奇怪，就能刻意製造錯誤。

剛才那句話也可以說：『我雖然正在減肥，但炸薯條是容易發胖的蔬菜。可以抑制吸收健怡可樂的茶飲簡直太完美了！』」

「呃……不懂妳的意思耶。」

「這就是似懂非懂的下場。想要搞笑但失敗了。玩笑開得支離破碎，根本不知道這句話想要表達什麼。由此可見，**只有懂得答案是什麼的人才有辦法搞笑**。」

「喔喔。」

「所以學習順序是像『稍微懂得日常對話』↓『會用標準文法』↓『開有趣的玩笑逗別人笑』。**音樂也是如此，到學習標準文法的階段才需要理論書**。先求完成一首曲子的初學階段並不需要。」

「原來如此！」

＊～＊～＊～＊～＊～＊～＊

泡澡時，我一邊反覆把玩具小鴨壓進水底再讓它浮上來，一邊思考今天學的東西。音樂理論是何方神聖？究竟是必要或不必要？……等，那些今早還在煩惱的問題好像都已經獲得解決了。原來音樂可以比喻成英語會話，雖然還是覺得很困難，但只要努力似乎也不是做不到的事。有人說『**在音樂世界裡沒有唯一正解**』，這句話總結來說是不是指每個人都有不同的對話方式呢？

還有學樂理是為了犯錯的概念，雖然是明白了但……

「我還是覺得做出奇怪的曲子被別人取笑很丟臉（啵啵啵）。」

怕丟臉就成不了任何事，即使可能出錯也要用音樂表達出來……結論大概就是這樣吧。我這個人還真是死腦筋……加油！

「啊……是說我忘記問小珠為什麼願意教我作曲。」

沒關係，等待適合的時機再問好了。

休息吧！晚安！

第3天

音樂與電影非常相似

「果然是焦糖爆米花。」

「嗯。電影院必點食物！」

今天是小珠教我作曲的第三天。日期上顯示十二月二十四日，聖誕夜。我跟平常一樣到小珠家找她，才知道小珠打算出門看電影，於是我也一起去了。此刻我們已經進入大型購物商場「FIVE PENNIES」裡面，坐在電影院的對號座位上大啖爆米花，等待這部很應景又很適合情侶觀賞的電影開演。

「好多情侶喔！」

「今天是聖誕夜嘛。」

「不好意思，突然拉妳陪我來看電影。」

「不會，我剛好也想看這部，謝謝妳邀請我。」

「太好了。」

「嗯。」

「那台攝影機的頭套很好看，不知道哪裡有賣？」

「妳買來做什麼啊？」

「當然是有用途。啊，電影好像要開始了。手機記得切成靜音吧。」

「好。」

小珠真讓人猜不透。就算在電影院也戴著玩偶帽子，完全不顧別人眼光。她是不是一直活在遊樂園世界裡呀。啊，電影開始了。

＊～＊～＊～＊～＊～＊～＊

「……」

「……」

播放片尾時，廳內的照明也慢慢亮了起來。這部據說是今年國外最賣座的電影，甚至感動了許多美國人。的確是一部賺人熱淚又好笑的典型戀愛電影。我很喜歡這種類型。

我們穿過黑漆漆的通道，朝電影院外頭前進，經過人聲鼎沸的電影院門口時，所有人都默不作聲，可能是還沒有回過神？或是出於好心不想掃了下一場觀眾的觀賞興致。

不知道小珠覺得如何？怎麼面無表情呢。呃……我很不會應付這種情況。

小珠怎麼想的呢？該怎麼辦？該說些什麼感想才好呢？

「要不要去咖啡廳？」

「喔，好呀！」

天啊，我實在摸不透她的喜好，不知道她覺得這部片好看嗎？

「……怎麼了，臉色不太對勁。」

「沒有，沒什麼……」

於是我們離開電影院，在購物商場的戶外中央廣場找了一家平價咖啡廳。

「哇，外面好冷啊。……是說，妳覺得剛剛的電影如何？」

「咦!?」

啊！好苦惱！到底怎麼說才是正確答案？

「這個嘛……論好不好看，我覺得很好看，但要進一步說哪裡好看，就有點微妙了。感覺是全美票房第一的電影！」

我說得不錯吧！這就是正確答案了吧！

「……那，小珠覺得如何呢？」

「什麼嘛，彩葉，妳是不是打算先聽聽我的感想，再決定要怎麼回應我？」

啊，完全被看穿了！

「不是啦！我沒有那個意思……好啦，對不起……我很沒有主見。」

「啊哈！從看完電影到現在，妳就一直很奇怪，我猜想是這個原因，果然是這樣！很傻耶！」

「不要說我傻啦！呃……我就是很害怕在別人面前表達自己的感想嘛。」

「我不是不能理解妳的心情。不管是覺得有趣也好，無聊也罷，一旦說出口就要為自己說的話負責。」

「沒錯，好難呀……」

「不難呀。覺得有趣就說有趣，覺得無聊就說無聊，這樣就好了。非常簡單。」

「那樣說也沒錯啦……」

完全是小珠的一貫作風。照她所說確實簡單許多，但事情並非那麼單純。假設不經意讚賞一部只有自己覺得有趣，但在他人眼中卻是很無聊的電影，就有可能被認為是沒有眼光的人。

「彩葉，不要那樣懷疑自己喜歡的事物。的確，**所謂名作或拙劣的作品大多是世人片面的斷定**，但自己感受到的那份『喜歡』心情卻是真實存在。唯有這點不會受他人左右。不管誰說了什麼，喜歡就是喜歡，自己的感受才最重要。如果彩葉喜歡那部電影，我或世俗的評價都可以不用在意。」

「哇……到底該怎麼做才能擁有那種堅定不移的自信呢？小珠果然不是普通人。」

「喜歡的東西就大方承認喜歡！**討厭的東西就大膽表達討厭！**就只是這樣而已。」

在商場的中央廣場上，小珠跳上噴水池的圍牆邊緣，先大聲喊出來之後又猛然回過頭來。真的是服了她，這個人完全不受拘束……

「小珠，妳是不是也曾想過自己說的某些話也許會被人討厭？」

「有喔。那是當然。但是**喜歡的東西成了被別人討厭的理由也只能坦然接受**。自己就是喜歡那個東西，無可奈何。」

「不會改變自己的喜好嗎？」

「不會改變。絕對不會改變。況且並不是想要改變就能改變，而且**一定有和我志同道合的人。只要能跟那些人心意相通就好，寫歌給那些人聽。**話又說回來，明明好惡不同卻硬要迎合對方才奇怪吧？」

「……說的也對。」

她總是這樣我行我素。一般人發表意見時都會巧妙地迎合他人，避免發生衝突，小珠卻似乎完全沒有那種想法。但是，如果可以像她一樣想得很開，應該很輕鬆開心吧。

「啊……」

「怎麼了？」

「沒有，沒什麼……」

對耶，仔細想來這兩天跟小珠聊天之後，對她有些改觀了。小珠在班上原本就是不太與同學交流。因為喜好分明，又無法迎合別人，所以造成她獨來獨往的個性？

「所以，妳覺得剛才的電影如何？」

「嗯……我應該是喜歡吧。」

「喔，是喔。」

「小珠覺得呢？」

「我嗎？我覺得有趣吧。雖然有不少缺點，但劇情算是合理通順，最重要的是拍得很浪漫，也確實有娛樂效果。是我喜歡的電影類型。」

喔！太好了。

「不用鬆一口氣啦。根本沒必要這樣。就算我把這部電影批評得一無是處，也只是說明這部電影不是我的菜而已，真的不用在意。我之前也說過，自己到底喜歡什麼就只有自己知道。平常就要經常思考，這將關係到會做出什麼樣的曲子。」

「嗯，但是……我很喜歡妳這個人，所以很開心我們有共同的喜好。」

「喔喔，原來如此。難怪妳會有這樣的反應。」

小珠愣了一會兒，又露出似乎明白什麼的表情。

我是不是說了什麼奇怪的話呢？

＊～＊～＊～＊～＊～＊～＊

「前天我們討論到作曲之前應該思考的事，昨天談了音樂理論的意義和必要性。今天，我們來談談樂曲的結構吧。」

我們坐在咖啡廳，一邊開心地回味電影一邊喝著冰奶茶和漂浮冰淇淋汽水。

「樂曲的結構……感覺真的要進入正題了耶。但是在咖啡廳方便講嗎？不需要電子鍵盤樂器之類的樂器輔助說明嗎？」

「沒關係。就算現在有鍵盤也只會讓妳更加頭昏腦脹。」

「……是啊……哈哈哈。」

我買的電子鍵盤樂器到底什麼時候才能出場呢？

「現在來說明作曲的普遍歷程。為了讓妳學會作曲，就必須先釐清目前有哪些難關需要克服及需要達到什麼程度。不然，對於現在的彩葉來說，可能看不到作曲的終點站吧？」

「是啊……簡直是一個無法結束的旅程。」

「所以，我們先粗略了解一下。這樣一來，不安的心情應該能減輕許多，也能大概明白自己目前可能做到什麼程度、及需要做什麼樣的努力才能學會作曲。」

「嗯嗯，我就是想知道那個！不愧是小珠！」

我想知道達到哪個階段才能學會作曲呢？我還摸不著頭緒。是否有一個明確的判斷可以說明若達到這個程度就代表具備了作曲能力？雖然不太確定，但從小珠的話裡感覺似乎真的有。

「我先來說明一下初學者的普遍歷程。」

「好。」

「**作曲最大的難關不用懷疑就是最初一開始的時候**。彩葉是不是也遇上這道難關了，就是一**開始『完全不知道該如何下手』**？大多數的人都是如此。」

「果然是這樣……真的是堅如磐石的一道難關啊。」

「跨越這道關卡之後，接下來又會碰到『**做到一半卻完成不了**』的高牆。」

「哇！聽起來很令人害怕……」

「越過高牆便會來到**『曲子完成了但不是自己心中想像的樣子』**階段。」

「嗯。」

「順便告訴妳，到這裡為止的過程其實不太有趣。」

「……無趣的過程也太長了。」

「所以必須盡快克服。一直在這裡停滯不前，耗盡精力就無法堅持下去了。」

「嗯嗯。很想盡早結束這段無趣的階段。」

「然後還會遇到**『雖然做出心目中的曲子但聽起來很普通』**。」

「什麼？真的是沒完沒了。」

「是啊。**不過，到了這個階段就是創作生涯的開端。到了這個境界就代表什麼都能自己想辦法解決，**而且除了靠自己以外別無他法。大型關卡主要就是這四個。」

「離目標好像還很遠耶……」

「但我們不照著經歷一遍。」

「哦，不用喔？」

「當然。在十四天這麼短的時間內要創作出理想的曲子根本不可能。」

「嗯。」

「我只教妳兩件事。只要學會這兩點就能作曲。而且無關才華或程度，一定能寫出曲子。」

「呃……真的嗎？」

「嗯。不過，我希望妳能充分理解這兩點。第一點是『聽音記譜』。」

「『聽音記譜』？」

「沒錯。就是把聽到的音如實寫下來的技能。這是作曲中的基本能力，一輩子受用。不管專業或業餘，作曲一定會用到的技能。」

「……聽起來好像很難耶。」

「雖然不是超級簡單，但按部就班學也不是很困難喔。就當玩遊戲吧。」

「嗯，雖然不是很明白，但我會試試看。」

「第二點是『音調』。現在先不解釋，但如果能掌握『聽音記譜』與『音調』的概念，就表示妳已經準備好了。先記住『聽音記譜』與『音調』是兩個需要克服的難關。只要達到那個程度，就可以作曲了。」

「『聽音記譜』與『音調』……好，我會加油！」

~~*~*~*~*~*

「就初學的普遍歷程來說，剛說的兩點就是重點所在，但今天要講的跟它們沒有任何關係。」

「喔？」

「雖說我們今天看了一場電影，但不是單純來看電影。在談與電影有關的事之前，先說一下今天的課程主題。主題是『曲子的聆聽方法』。

「曲子的聆聽方法？跟平常聽音樂有什麼不一樣嗎？」

「舉看電影的例子來說，有些人能夠具體地表達觀後感想，但有些人卻是一句話也說不出來。今天就是要談這個。換成是音樂也能侃侃而談的話，那麼聆聽音樂這件事本身也會變得更加有趣。這是做為聽眾也會覺得開心的能力。」

「好像很有趣！」

「話說今天的電影很好看！好看在哪呢!?」

「嗯？怎變成電影話題？那是因為……嗯，故事很好？」

「演員的演技也很棒！」

「對！太帥了！還有，原本覺得敵方看起來很可怕，結果竟然是好人耶！」

「對，而且一直有人幫助主角，把一大群人牽扯進來，場面變得很熱鬧呢。」

「真的耶！」

「嗯，就是這樣！現在換成談論自己喜歡的音樂吧，想一想妳有什麼樣的感想呢？」

「什麼感想？」

小珠又說一些讓我一頭霧水的話……換成談論音樂？

「妳聽音樂時最常注意哪個部分？就舉電視劇或動畫主題曲來說，就是『有歌詞的歌曲』。」

「哪個部分喔？……嗯，可能是旋律吧。啊，還有寫得很好的某段歌詞！」

「呵呵，這樣啊。旋律與歌詞嗎？」

「嗯，大概吧。」

「就說我個人的分類方式。旋律就像是主角，歌詞則像是劇本台詞。可是這些還不足以構成一部電影。有反派角色支撐著故事主軸，還有吸引人的配角，世界觀與時代背景、舞台設定等。通常會先有這些基本設定和角色分配。」

「嗯，好像是這樣。」

「妳現在的狀況好比是聽歌時只著重在主角和台詞上。但是，如果也能好好留意其他的部分，就能夠慢慢理解一部電影的整體結構。對我而言，**歌曲就是……**

·主角（旋律）　**·台詞（歌詞）**※有歌詞的歌曲時

·反派角色（貝斯）　**·配角（和聲）**　**·世界觀（節奏）**

大致上由這四種角色構成作品。」

「貝斯是反派角色？總覺得貝斯更類似在暗中默默支撐大局的感覺，雖然不太顯眼……」

「不對，貝斯是繼旋律之後最重要的部分。這個角色的性格特色可以使曲子朝完全不同的方向發展，有時一個好聽的旋律也可能因為它而變難聽。從影響曲子的角度來看，貝斯的重要性僅次於旋律，居於關鍵性的位置。」

話說回來，我幾乎不曾注意貝斯的聲音……但它卻是很重要的角色？真的嗎？

「假設旋律是一名普通青年，貝斯擔任的反派角色就是黑幫老大。基本上這兩個就已經確定了整體氛圍。」

「嗯。」

「再舉一個不同情境的例子。旋律的設定不變，但貝斯變成情敵的至親好友。這樣一來故事本身就會變成完全不一樣的感覺了。」

「是耶。好像青春戀愛劇的感覺。」

「**貝斯就是擔任可以左右歌曲氛圍的重要角色**。」

「原來如此……雖然還沒有親身體會到它的重要程度，但不難理解。」

「至於和聲這個配角。如果貝斯是黑幫老大的話，與之搭配的和聲自然也會同流合汙；如果貝斯是情敵的親友，那麼**和聲**大概會是同班同學、朋友等。它**通常在主角和反派之間擔任調解、說服的角色**，有時成為盟友，有時成為敵人，並**在互動當中維持平衡**。」

「嗯。」

「接下來是節奏。歌曲風格是抒情感人、勵志熱血，或鄉村輕快路線，還是怪奇恐怖風格，會由節奏來決定。**節奏的任務就是設定音樂類型和世界觀**。」

「嗯。」

「現在，妳已經知道歌曲中有這四個角色，不如就以妳喜歡的歌曲來應證看看。是不是有主角、反派、配角，還有一個獨特的世界觀。每個角色站在各自的位置上，參與故事的推進。我想彩葉應該能夠舉一反三。順帶一提，簡單來說，這四個角色分別對應**人聲、貝斯、吉他和鼓組**。實際上**大多數的音樂都由這四個部分構成**。無論是管弦樂、搖滾、爵士或流行樂。只是，不同音樂類型之間可能存在著差異。」

「嗯。」

哎呀，我好像開竅了，但還不能完全明白……

「比如說一首三分鐘的曲子，可以想成是一段三分鐘的故事。會有什麼樣的角色人物，展開怎樣的故事？故事開端從平凡的日常開始，還是發生大事件開始？面對種種問題的主角、及工於心計的反派和配角，還有驚心動魄的世界觀、以及象徵全曲高潮的副歌……從頭至尾扎扎實實寫出一首曲子！」

「作曲的工作感覺跟電影導演好像。」

「對！寫曲子基本上就跟製作微電影差不多。」

「嗯，聽起來很酷，但該怎麼做呢？」

「不要想得太複雜。簡單來說，它們有明確的角色分工。當妳能聽出它們在各自崗位上做了什麼樣的演出時，聽音樂就會更加有趣。比如，旋律帶出了懷舊氣氛，貝斯顯然使用了某種冷僻曲風的元素，或者吉他使用一種新穎手法，鼓組可能在奇妙的時間點改變了律動……這些都是過去單純聽音樂沒有的收穫。」

「就連我也能聽出那些細節嗎？」

「這就要看妳把心思放在哪裡。首先要練習聆聽細節。比如只聽鼓組的部分，或只聽貝斯的部分，專注在單一樂器上……也就是用耳朵追蹤從頭聽到結尾。光是這樣做，就能使聽音樂變得富有深度樂趣。而且還能加深理解樂器與樂器之間的關係。當妳能夠分析每個角色在當中擔任什麼樣的作用時，就是達到最高境界了。所謂『**深度聆聽**』並不是反覆聽很多次，而**是『專注深入地聆聽每個角色（樂器）做了什麼事**』，這才是深度聆聽的意義。」

～～*～*～*～*

落日時分，華燈初上，我們走在往家裡的路上，一邊欣賞聖誕節的燈飾直到分岔路口，然後各自繼續踏上回家的路。

雖然今天好像沒有講什麼具體的內容，但和幾天前相比，我對作曲的想法有了微妙變化。即便我還沒開始寫曲，但已經漸漸覺得作曲很有趣呢。如果繼續努力下去，或許我也能作曲。

回到家後，我把喜歡的歌曲都聽一遍。專注在旋律、貝斯、鼓組等之前沒注意到的細節上。主角、配角、類似電影劇情什麼的感覺……現在還不太確定自己能理解多少，只是稍稍加大步伐，這股預感讓我不禁興奮了起來。

今天就到這裡結束吧！

珠美的提醒

我使用的器材

開始做音樂後，我使用過許多器材，有些是一時的興趣。以下僅簡單列出專業人士普遍使用的器材。

○個人電腦
Mac Mini（另添購大量擴充功能）只用它就十分足夠。

○ DAW
作曲和編曲用『Logic』（Apple 公司）。
錄音用『Pro Tools』（AVID 公司）。

○音源軟體
選擇相當多，且每年都不同。

○錄音介面
『MOTU 828mk2』（MOTU 公司）。個人喜歡它強而有力又狂野的聲音表現。

○麥克風
電容式麥克風是用『AKG-C214』（AKG 公司）。
動圈式麥克風是用『58』『57』（SHURE 公司）。

○頭戴式耳機
『MDR-CD900ST』（SONY 公司）

○電子鍵盤樂器
『HP-147』（ROLAND 公司）。在我母親老家找到的電子鋼琴。
另一台『reface DX』（YAMAHA 公司）也不錯！

○音響
『MSP5 STUDIO』（YAMAHA 公司）。小型的『MSP3』也十分堪用。

○滑鼠
『Trackball Explorer』（Microsoft 公司，已停產）。Kensington 公司的 Trackball 也很好用。還有個人覺得 WACOM 公司的數位筆型平板『CTL-480』很棒。

我用的器材對專業音樂人來說算是基本配備。他們應該是使用更加強大的器材。但是初學者用以上這些器材就足夠。總之對作曲而言是如此。

第4天

聽音記譜

我對作曲的理解好像逐漸加深了呢！雖然還沒開始寫曲（甚至連鍵盤都沒碰到）……我打算編織一條圍巾，上面有大大的「I♡MUSIC」！今天是第四天，根據小珠的說法，應該可以在十四天內寫出曲子，而今天要教的似乎是第一道關卡『聽音記譜』。

「小珠早安！」

「早！……好冷……快進來！」

我沿著平常走的路線來到小珠家，騎自行車的手早已被冷風凍僵。我朝從門口走出來的小珠道早安。小珠還沒把玩偶睡衣（怪獸造型）脫下來換成居家服，而被她媽媽罵了一頓。不太甘願地回房間換衣服，然後一邊吃著早（午）餐三明治一邊發呆。

「呼……」

「昨晚都沒睡嗎？」

「嗯。」

小珠看來很疲憊。仔細想想，她平常要上課，下課後又埋頭寫曲。現在還有寒假作業，想必應該非常忙碌吧。但為了教我也花了不少時間，真的很過意不去。

「今天還可以上課嗎？會不會打擾妳？」

「嗯？打擾？」

「因為我的關係，害妳沒時間完成學校作業，連花在作曲的時間都變少了吧？」

「啊，不用擔心啦。昨晚沒睡是因為我一直在打電動。」

「什麼！」

「不過，打電動的時間確實減少了！所以妳要好好報答我喔。」

「嗯。不好意思。」

我心想「什麼嘛，原來是因為遊戲」……

「妳剛剛是不是在想『那就不干我的事了』？」

「呃，我沒有那樣想啦。」

她的觀察力也太敏銳……

「做遊戲的人若忘記怎麼玩，那就完蛋了！……妳複誦一遍，預備——開始！」

「咦!?做遊戲的人……呃，我忘記後面說什麼了。」

「忘了齁！……無論遊戲、漫畫、運動或追星，**只要是能讓人全心投入其中，就是很重要的事情**！世上不乏對任何事物都很冷感的人，但身為一名創作者絕對不能，必須全心投入才行。所以，若妳找到「令妳入迷到忘我」的東西，就儘管投入吧。」

「嗯……我好像可以理解那種感覺，不過這句話也可能被誤解，成為有心人的推託之詞。」

「妳說的是『偽輸入』，當然不包含在內。」

「偽輸入？」

「嗯，偽輸入是指『創作者沉迷玩樂而把玩樂的行為正當化』。本來，輸入的意義是指將必要的（更傾向於不感興趣的）資料放進腦袋裡，但有些人卻把單純的玩樂硬是說成輸入，比如看電影。其實娛樂就是娛樂，想玩就盡情玩，無須欺騙自己的大腦。習慣替自己找藉口也許是出於愧疚感。」

「好像是耶……」

「不過，為什麼全心投入如此重要呢？……我想是因為全心投入對任何事物來說，都是必要的能量。只有當我們全心投入，在欣賞別人的作品時就能獲得『感動』，並且轉化成自己創作時的『靈感』。相反地，不是全心投入的狀態下，無論做什麼都會流於空洞而沒有其他的意義。」

「聽妳這麼解釋，好像是那樣沒錯……」

「另外，很多人認為只要努力，就會表現得更好。不管是創作或運動也好，事實上並非如此。正確地說應該是**全心投入才能使人表現出色**。也就是說『努力比不過全心投入』。」

「努力比不過全心投入？」

「對，再怎麼拼命努力，也絕對比不上全心投入的人。」

「什麼意思呢？」

「說得再明白一點，**當妳覺得自己很努力的那一刻起，就表示妳不適合做這件事了**。」

「……」

小珠的聲調忽然變了。雖然不知道是什麼狀況，但我有一種不尋常的壓迫感。

「我只能點到為止。」

咦？變回原來的樣子了。

「說穿了，能夠全心投入的人只是比較少而已，所以才被人稱為天才，用以特殊規格相待，其實根本沒有什麼特別之處，更不是天才。因為熱愛所以全心投入罷了。但是，要達到這種狀態確實有難度。所以我會盡可能讓自己沉浸在熱愛的事物裡。」

「嗯……這段話很有深度呢。」

「人生就是最棒的主題遊樂園！只要妳認同，世上就會充滿怎麼也探索不完的有趣事物！」

「所以小珠才一直戴著玩偶帽子啊？」

「我沒想那麼多，但被妳一說好像是耶。」

「啊！提到帽子……對了，這個給妳……」

「什麼東西？」

我從包包裡拿出禮物遞給小珠。不知道她會不會開心？

「我不是用禮物來抵學費喔，只是想到小珠很喜歡玩偶帽子……妳看！蝌蚪圖案的帽子」

「這是哪個卡通角色嗎？超級可愛耶！矬得絕妙的眼神也太討人喜歡了！完全是我愛的風格。妳去哪裡買這麼棒的禮物！」

「其實不是買的，是手工做的。」

「咦？妳做的……啊，還是誰送的？」

「不是，我親手做的，先用線把布料縫合再塞棉花……」

「哇！彩葉，現在說可能太晚了，但妳或許更適合往這方面發展？」

「嗯？這種程度誰都能做到耶，不是什麼高難度的技術。我覺得很普通。」

小珠把眼睛睜得好大，露出我從沒見過的誇張表情。這種小事一下就可以完成了。

「……難道這條圍巾也是妳自己織的？」

「啊，對。昨天晚上織的。好看嗎？」

「不要『I♡MUSIC』會更好，有點另類的品味，不過做工好到讓我以為是店家販售的商品耶。好意外呀，而且只花一天就完成了嗎？」

「什麼!?字……很俗氣嗎？深受打擊……」

「有什麼關係，只能說妳跟我的喜好不一樣而已，但頗有彩葉風格，天真可愛的感覺。很適合妳喔。」

「嗯。**只要自己認同就是正確答案**，對吧！我很喜歡這條圍巾。」

「沒錯！話說回來……就算擁有很厲害的能力，但自己可能根本不覺得……」

「……？對了，那隻蝌蚪還沒有名字耶。小珠要不要幫它取？」

「喔喔！交給我吧！……就叫它『小玉2號』。」

「小玉2號？那1號呢？」

「1號就是我本人啊。」

「喔……」

這名字應該不錯……吧？嗯，很可愛。

「很可愛的名字耶！太好了，小玉 2 號♪」

「嗯！很開心收到這份禮物！今天我要火力全開教妳很多實用知識！」

「嗯！今天也麻煩小珠了。」

～～*～*～*～*～*

「言歸正傳，今天要學的就是昨天說的那些。」

「『聽音記譜』對吧？」

「沒錯。」

「具體來說，可以想成是卡拉ＯＫ的歌曲。**聽音記譜不只是音樂訓練的起點也是頂點，是一定要學的音樂技能。**用棒球比喻的話，就是接球和傳球的訓練。」

「聽音記譜是不是要聽出旋律？」

「旋律也包含在內，但不只這樣而已。貝斯、吉他、管弦樂、打擊樂器等，只要是音樂中出現的聲音都要聽音記譜。總之就是透過聆聽分辨出它們，並且準確地重現出來，就像臨摹名畫一樣。」

「喔……把聽到的聲音記下來謂之聽音記譜。」

「正是如此，用什麼曲子練習聽音記譜都可以，首先盡量找簡單一點的歌曲來練習吧。彩葉負責挑一首妳喜歡的歌曲。」

「嗯……在我看來都很難，有沒有比較容易著手的呢？」

「比較簡單的音樂嗎？J-POP大多都很簡單啊。因為popular music的精神就是為大眾寫的歌，所以不會太難。雖然這幾年複雜的歌曲變多了，但是回顧一些懷舊歌曲會發現它們都相當簡單唷。不僅是音調或節奏上，編曲上也很簡單。還有，復古遊戲音樂也是很好的題材。」

「復古遊戲音樂？」

「嗯，是指八〇到九〇年代之間的遊戲音樂。那時的機台只能讓少數幾個音同時發出，所以反而能夠清楚聽到旋律與貝斯的聲音。由於音的數量受到限制，作曲上會需要更多巧妙安排，因此至今依舊是很難超越的經典旋律。」

「哇，雖然作曲變得更加方便了，但還是以前的作品厲害，不可思議啊！」

「很令人意外但的確是如此。正因為那不是一個什麼都能輕易辦到的時代，所以作曲家必須在能力所及範圍內，挖掘創意想法並設法改進才能達到那種境界。而現在則是什麼都可以輕鬆完成，已經不太需要挖掘……」

「那麼，為何不把那個什麼……音的數量？減少到跟以前一樣的程度呢？」

「因為一旦嚐到器材便利性的甜頭就回不去了呀。我認為只用四個音左右的和弦來創作音樂，絕對是提高樂曲品質的有效手段，但實際這樣做的人很少。我就是其中一個。就算讓我使

用華麗的音色來做音樂，我也感受不到其中的樂趣。那樣的音樂充滿了『表面偽裝成好音樂』的元素，但缺乏真正想要表達的東西。」

「呃……雖然有點不太懂但感覺不妙……」

「對，我也覺得。」

從小珠身上偶爾能隱約感受到專業作曲家的氣息。每當她講到我聽不太懂的東西時，總會莫名地被震懾住。

「決定哪首了嗎？」

「那個……」

不過，我對遊戲音樂不太熟悉耶。啊，這首不知道適不適合？

「〈Country Road〉如何？」

「很好啊！簡單樸素的名曲。決定〈Country Road〉了嗎？」

小珠說完便操作電腦，播放〈Country Road〉的音樂檔案。不愧是小珠，什麼都有。

「嗯……好聽。」

「我很喜歡這首歌。」

「我們開始來聽音記譜吧。用這個……」

小珠邊說邊把電腦畫面從音樂播放軟體切換成我沒看過的介面。

「以前作曲是用五線譜和鋼琴，現在幾乎都用音樂軟體。妳現在看到的介面，就是音樂軟體，通常稱為**DAW（數位音訊工作站）**，是Digital Audio Workstation的縮寫，大略說來它就是做音樂的軟體。市面有幾個廠牌的軟體，慢慢熟悉它以後，可以自由挑選自己用起來順手的軟體。深入講解這些軟體的具體操作方法可能要花幾天時間，但現在只需要一些簡單的基本操作。總之這次由我一邊示範操作一邊說明吧。」

「嗯。原來音樂軟體長這樣啊！」

這個介面從外觀來看有點像遊戲畫面，讓人感覺有趣好玩。上面有許多按鈕、小視窗和各種儀表……小珠竟然能夠熟練地使用它，真的太厲害了。

「首先，聲音輸入的方法呢……妳看，用滑鼠像這樣點這裡的方格……這個區域叫做**『Piano Roll』**，點擊這裡就會發出鋼琴琴音。」

「嗯。」

「每四小格就出現粗直線的地方，就是數節拍1、2、3、4時的第1拍。可以理解嗎？」

「嗯。大概懂。」

「大概懂就可以。在開始聽音記譜前，首先要確定1、2、3、4拍子的速度，也就是拍速。」

「嗯。因為曲子的速度都不一樣，原來一開始就要先確定。所以現在要設定成〈Country Road〉的拍速，對吧？」

「沒錯。第一步就是設定拍速。每秒拍一次手就是拍速60，速度變兩倍的話就是120。」

「喔！原來是既定的規則。」

「然後這個數值的專門術語叫做ＢＰＭ，beat per minute的縮寫。它代表一分鐘內用手數拍子數了幾下的意思，所以一分鐘內均等拍了60下的話，就是60ＢＰＭ。」

「哇！」

突然間很專業……

「〈Country Road〉的ＢＰＭ大概落在74左右。」

「咦？妳怎麼知道？」

「直覺。」

什麼！

「我們使用軟體裡的節拍器確認一下吧。嘀嗒嘀嗒……看吧，這個速度剛剛好。」

竟然命中了，果然名不虛傳。

「知道拍速之後，接下來只要按照這個1、2、3、4的節拍，依序聽音並一步步記譜就可以了。這個時候，不用在意音調、也不管大調或小調，或是這裡是什麼和弦……暫時都忽略沒關係，把腦袋清空，專心一意在聽音記譜上。就像執行某個標準作業程序。」

音調？啊啊，昨天有講過。和弦的話，是指跟吉他有關的……？大調小調什麼的……？

「小珠，等一下。」

「怎麼了嗎？」

「呃……可能是妳講得太快的關係，我突然又聽不太懂了。」

「一時半刻聽不太懂也沒關係！」

「真的嗎？」

零零星星出現一些讓我很好奇的術語，真的不用在意沒關係嗎？是說小珠都這樣說了應該沒問題吧。

「要繼續記譜了喔。我先示範一段。」

小珠說完便一邊聽〈Country Road〉，一邊在連接上電腦的電子鍵盤上快速地彈出前奏的旋律。

……哇！好厲害。

「像這樣先從最明顯的旋律開始。聽出是什麼音就把它寫入 Piano Roll 的格子裡。可以用滑鼠點擊格子，或直接在連接上電腦的電子鍵盤上輸入音高。」

小珠一邊說明，沒一會兒就把前奏部分記譜下來。簡直還原原曲的旋律，拍速也一致。原來聽音記譜就是這麼一回事……

「前奏已經完成了，從歌聲開始的地方就讓彩葉來實際練習一下吧。」

「嗯，好。」

按下視窗裡面的鍵盤，在發出琴音的同時，視窗上會同步增加聲音的長條標誌。這樣是表示已經成功輸入了嗎？嗯，應該吧。然後……咦？這個音對嗎？開頭的第一個音是『Mi』？還是

『Sol』？……感覺都不是……怪怪的……呃……

「呃……嗯……」

「怎麼了？」

「那個，第一個音找不到是哪一個音……」

「第一個音是C吧。」

「C！」

「嗯，唱名是『Sol』。」

「什麼!?……那個……第一個音是『Sol』？」

「對，第一個音是『Sol』。」

那C是怎麼回事？突然冒出來的傢伙……還有唱名是指Do Re Mi……吧？不是用唱名的稱呼？……話說妳剛剛說這個音是『Sol』，可是學校不是這樣教，C好像應該是『Do』耶……」

儘管我也是半信半疑，但還是開口問了。記得幼稚園時學的口風琴（鍵盤式的口琴），上面這個位置的音有貼『Do』的貼紙。

「嗯，那也可以是『Do』。不過現在跟妳解釋太多，只會讓妳更加混亂，還是直接記C吧。」

……？這裡也可以是『Do』嗎？為何有那麼多個『Do』？……到底是怎麼回事……

「這個真的不用在意嗎？『Do』變成有兩個了耶……」

「不是，『Do』只有一個。只是**『Do』的位置會因為音調而改變**。〈Country Road〉是F調，所以F是『Do』唷！」

呃……搞得我一頭霧水，怎麼提問才好呢？

「喔……」

總之先照小珠說的不要想太多，之後自然會明白吧？

「繼續聽下一個音吧。因為最初的音是……『Sol』，所以……」

……不對，我還是覺得這裡是『Do』。學校就是這樣教啊。啊，不行不行，不要在意。繼續下一個音吧。

「那個……是不是Sol、Sol、Sol、Re—Sol Sol？」

「不是。妳彈的音雖然對了，但不是那樣唱，應該是Sol、Sol、Sol、La、Sol、Sol。」

「可是這位置的音好像應該是Re呀。」

「我說過Do的位置不一樣了嘛！先不要管這個沒關係，不用想Do Re Mi的事，繼續把音記譜下來。只要找出所發出的那個音。」

小珠的聲音聽起來有點不耐煩了……

「嗯，明白了。我盡量不要想太多。」

仔細想想，小珠顯然比我懂音樂，所以與其東想西想，倒不如就照她說的做。

「我繼續練習喔。」

我全心投入到聽音記譜上。音的長度大致這樣就可以了吧？長度也需要模仿吧？那麼……哼哼哼哼—嗯哼，哼哼哼哼—嗯，啊，再拉長一點嗎？哼哼哼哼—哼—嗯？應該是這樣吧？」

「小珠，這樣對嗎？」

「嗯嗯，大概都對了唷。繼續加油！」

「好。」

我一邊照著小珠快速教我的操作方法，一邊用自己不可靠的耳朵將旋律抓出來。

「啊，錯了。那裡要再長一點，音也要再往上一點。」

「咦？……這樣嗎？」

「不是，妳唱唱看就知道了。妳看，把那個音配合著鋼琴琴聲一起唱出來就很清楚了吧？啊—。啊—。這裡是『Mi』唷。」

「對耶。」

我原本以為把聽到的音記譜下來應該很簡單，但其實一點都不簡單呢。音的長度與音高都要記譜下來，這項工程比我想像中更麻煩。但是，當音可以準確一致對上時，確實會有一種就是它了的感覺。

「小珠果然很厲害，音的長度和音高聽一次就全部分辨出來了。」

「嗯？很厲害嗎？我倒覺得很普通。」

……很普通!?

「我繼續努力。」

「嗯，只要妳持續練習一定可以學會。」

大約過了三十分鐘，我在不停反覆確認的狀況下，終於完成旋律的聽音記譜了。大概沒錯吧。

「聽音記譜完成了！」

「嗯，但這只是旋律的部分喔，而且還有一些小錯誤。」

啊，看來還是有錯……

「還是有錯的地方嗎？」

「只有幾個地方而已，我幫妳修正。這邊跟這邊……好了，這樣就完美了。」

「謝謝。啊，突然覺得好累……」

「接下來才要進入正題呢。」

「呃……」

「喂！還沒結束啦，聽音記譜才要正式開始喔。旋律完成之後就輪到貝斯，不過想從別的樂器接續下去也可以。」

「嗯，貝斯啊……」

貝斯的聽音記譜……

「嗯？」

小珠一副「怎麼了嗎？快點開始」的表情，把頭斜向一邊。

「沒事。」

我一邊聽音樂，一邊準備記譜下來。……哪一個才是貝斯的聲音啊？是說這首歌裡有貝斯嗎？是不是沒有貝斯啊？啊，但總覺得有稍微感受到貝斯的存在。嗯……

「小珠，這首歌裡有貝斯嗎？」

「當然有，很明顯啊。」

「哈哈……對耶……」

果然有。是不是我的耳朵有問題？完全聽不出來耶……話說我幾乎無法辨別旋律以外的音……不過除了旋律之外確實還有很多聲音，呃……嗯……

「……聽音記譜啊，我已經好久沒有像這樣仔細聽音記譜了。」小珠突然開口說道。

雖然有點疲憊，但基於好奇，索性順著她的話題追問下去。

「小珠是從幾歲開始做音樂？」

「大概是國二吧，但更早之前就接觸聽音記譜了。」

「咦？做音樂之前就會聽音記譜了？」

「當時我用爸比手機的來電鈴聲編輯功能做出音樂。音樂理論什麼的都還不懂，只靠耳朵聽，然後作品被大家稱讚就好開心。」

「以前的手機還有來電鈴聲的編輯功能啊。」

「對於就讀小學低年級的我來說，簡直就是超級棒的玩具。雖然我對音樂一竅不通，但一直用那個功能做出自己喜歡的音樂，當成遊戲玩耍呢。」

「我發現……妳提到爸爸時，是說『爸比』。」

「怎麼了嗎？」

「我有點意外……」

「……啊，那個，不是啦！開玩笑時會這樣叫啦，平常都叫爸爸啦！」

「是喔！」

「不要用那種語氣說好嗎！」

「呵呵，有什麼關係？這樣的小珠很可愛呀！反差萌！」

「什麼反差萌啦，不是啊，妳聽我說！」

「嘻！啊哈哈哈！」

＊～＊～＊～＊～＊～＊～＊

雖然貝斯的聽音記譜才做到一半，但今天就到此結束了。毛毛細雨讓外面一下子冷了起來，我握著自行車的握把，感覺格外冰冷。

原來小珠小學就接觸聽音記譜了。難怪如此輕鬆。雖然從她那邊聽到很多音樂趣事，但感覺漸漸要進入比較困難的部分了。第一道關卡『聽音記譜』……不過，總有辦法跨越！應該吧。

今天就到這裡結束！

專欄

作曲必備軟體

備齊必要器材之後，下一步是選擇軟體

DAW

為電腦作曲設計的軟體。內建多種樂器音色，透過輸入演奏指令、或直接錄音，就可以做出各種不同類型的曲子。使用此軟體也可以進行聽音記譜的輸入作業。

Windows 系統

『Domino』

http://takabosoft.com/domino

針對 DTM（Desktop Music，數位音樂製作）所設計的音樂製作軟體，雖然簡易但涵蓋了 DTM 的基本要素。從官方網站即可下載（免費！）。解壓縮後就可以使用，無須經過繁瑣的安裝過程。

按鈕很多，看起來很複雜，但只要記住每個功能的作用，是一個易於使用的軟體。

編按：Domino 僅有日本語。

Mac 系統

『GarageBand』

這是 Mac 電腦已預先安裝的作曲軟體。內建各式樂器音色及樂句，不僅能夠進行演奏指令的輸入，還配有樂器及歌聲錄音機能。只需要這個軟體就可以完成作曲所有步驟。

※已預先安裝完成

可透過選單列的『輔助說明』選項，了解各項操作方法。

入手專業作曲家也使用的軟體！

『Cubase』系列

使用免費軟體的用戶，若「希望有更多這樣的功能」或「覺得音色不夠用」的話，不妨考慮選擇付費版。『Cubase』系列是許多專業音樂人使用的高音質 DAW，在 Windows 和 Mac 都可以使用。它附帶了許多免費軟體所沒有的實用功能，如輔助作曲、多樣化的樂器音色等。

第5天

越不過的高牆

天亮了。唉……老實說有點難受。

經過小珠指導聽音記譜的方法之後，我總算是把旋律的部分完成了，但是在那之後幾乎完全沒有進展。昨天上完課後就回家，一整晚反覆聽著〈Country Road〉，繼續練習聽音記譜。一邊在鍵盤上彈出聽到的音，一邊努力找出貝斯或其他樂器的聲音。但我依舊聽不出貝斯的聲音，也不確定記下來的音是否正確。在這樣的情況下繼續進行聽音記譜，說實在的好痛苦。

「而且……小珠應該還有很多很難的東西還沒教我耶……」

像是昨天稍微提到的『Do』，還有謎之英文字母，是不是必須學會才能作曲呢……但似乎非常複雜。

「『Do』還是應該在這個位置吧……」我盯著抽屜裡的口風琴，並自言自語說著。

這個位置明明就貼有『Do』的貼紙啊，小珠不至於弄錯吧。但我覺得口風琴上的『Do』應該也不可能出錯。到底是怎麼一回事？還是我哪裡沒弄懂？

～～*～*～*～*～*

「所以……沒有搞清楚會讓妳不安？」

「對。到目前為止都是憑感覺，總覺得大概就是那樣吧，但昨天教的東西有很多地方都不明白……」

「哦？那裡不懂呢？」

「一時之間我也說不上來……」

這是第五天的中午，我又來到小珠家上課。我想提出我不太懂的地方，看看能否解決一直很在意的問題。

「妳是說那個吧？音樂理論。要我說幾次都一樣，上我的課不需要音樂理論。以前用聽音記譜來編寫手機鈴聲的時候，也是什麼都不懂，但還是做出來了。」

……總是說不要在意，但我就是會在意。因為我連聽音記譜都不太能掌握了。若會樂理的話，也許能做得更好……

「那個……難道不能先學樂理嗎？」

「之後再學就好。總之現在**最重要的是先感受正在發出的聲音**。」

「好吧。」

無論如何都要學會聽音記譜！

「今天也麻煩妳了，小珠。」

「沒問題。我們要加快進度了喔。」

「好。」

——於是我們接續昨天的進度，讀入已完成的旋律檔案之後，繼續完成貝斯的部分。但是不管聽幾遍，我只聽到有聲音在響而已。

「小珠，這個音，是不是『Fa』？」

「不是喔。更低一點。」

「嗯……」

好不容易可以分辨貝斯的聲音了，但不知道是哪個音。雖然試著用鋼琴彈出一樣的音，不過好像不太對……啊，不對了。應該更低一點。難道是這個音嗎？總覺得也不是……

「……彩葉，我看妳從剛才就一副很困擾的樣子。手沒有動作耶。快點把接下去的音記下來啊。」

「嗯，等一下，我正在想……」

「不要想太多，直觀記下那個音就可以了。很簡單。」

「嗯，雖然明白妳的意思，但知易行難啊。是說，沒有其他方法嗎？聽音記譜以外的學習法之類的……我好像學不會……」

「啥？只是單純把聽到的音記下來而已，應該沒有比這個更容易的方法了吧。」

「但對我來說很難呀。」

「嗯。妳先冷靜一下，搞不好休息一會再來就做到了？妳聽，這是貝斯的聲音。最初的音是不是F？」

詭異的英文字母又出現了。所以到底是什麼啦？

「這首歌曲的旋律、貝斯與和聲大致都很容易分辨出來，算是相當簡單的結構。」

「……但我就是不會啊。」

「……彩葉？」

「……對妳來說很簡單的事情，我卻覺得難如登天。再怎麼努力聽，也還是有錯。剛剛也錯了啊。並不是誰都像妳一樣有音樂才能啊。」

糟糕！我到底在說什麼……

「從妳的立場來看或許難以置信，但就是有這種人，我就是啊。剛開始妳講的都是概念，沒有具體怎麼操作，所以我沒有感覺很難，可是講到聽音記譜的部分，我馬上就遇到困難了。是說，妳大概還不明白我在煩惱什麼吧？因為妳什麼都懂，也很厲害，所以……就像有些人連簡單的事情都做不好，妳能理解嗎？」

呃……我是不是把話說得太重了？

「哈哈……我果然不太適合作曲。反正我早就知道，只是動了那個念頭就一股腦兒去做。但或許對我而言太難了。」

「……喂，妳在說什麼啦，不是才剛開始嗎？現在就說自己可能不適合會不會太早了？」

「早就告訴過妳作曲不簡單啊！」

「……！」

怎麼辦!?小珠生氣了。

「……對不起，我先回去了。」

「喂……」

唉，我真的要回家了嗎？我把氣氛搞僵了……

「喂，彩葉、彩葉！等一下嘛！」

「打擾了。」

我甩開小珠伸出挽留我的手，快步走向玄關。小珠一副有點苦惱的樣子卻欲言又止。不知道該怎麼辦的我只好趕快逃回家。

我真的好差勁。到底怎麼了？覺得自己不如消失算了。

今天就這樣結束了。

第6天

堅持下去的人與堅持不下去的人（上篇）

好久沒逛街了。聖誕節過後，整個街道又開始忙著將聖誕燈飾換上新年燈飾。我走在街頭，隨意看看。因為沒錢所以只能看看而已。

「冬季運動用品促銷活動……」

購物中心裡有各種運動用品店，我站在櫥窗前，看到很大一幅的冬季運動海報。模特兒穿著時尚服裝在雪地裡跳躍，笑得相當燦爛。滑雪板看起來很好玩。滑雪用的手杖叫做滑雪杖吧？雖然我不太會操縱滑雪杖，但滑雪板的話搞不好比較容易？我來試試看滑雪板？

「……還是不要好了。」

嗯，算了吧。話說回來，也許什麼都不做也是一種選擇。雖然覺得自己必須做點什麼事情，但仔細想想卻找不到必須做點什麼事情的理由。可能只是不想事後想起後悔吧。

「……」

一般都會有這種心情吧？我就經常有呢。剛開始相當熱衷，但過不了多久就放棄了，偶爾又會突然想要嘗試做點什麼……我發現以符合自己的個性，怎麼說呢，就是隨波逐流跟著做某件事也不錯，而且更自然一些。

「……啊，好可愛。」

我一邊胡思亂想，一邊漫無目的地走著，突然間瞄到花車裡有不錯的特價商品。應該是聖誕節的存貨吧。這個馴鹿玩偶的帽子很可愛。一定很適合小珠，啊……

「……」

到現在都還沒跟小珠聯絡。今天本來要去小珠家，但我實在不知道該怎麼面對她，所以只好在外面四處遊蕩。小珠傳了好多訊息，又打電話給我，但我沒有回她。

「唉……好不容易暫時忘記這件事了，看到這頂帽子又……」

……但是，作曲應該很有趣。學會肯定有很多樂趣吧。我看著馴鹿玩偶帽子，回想昨天的事情。唉……都是我的錯。我到底為什麼說出那樣的話呢？

「……我想是因為小珠的教法，真的讓人很難理解嘛。」

小珠的教法算是很好理解嗎？還是針對有天分的人來說很好理解？所以依我的情況當然會覺得很難。這樣的話，小珠可以從更簡單的東西開始教吧。

「呼……我感到心力交瘁。」

學不起來也沒關係，反正我沒差！畢竟做什麼都很優秀的人很少見吧。況且要我做專業音樂人做的事情才奇怪。畢竟還是有適合與不適合的問題，創作本該是小珠那種專業音樂人擅長的事情。像我這樣的普通人，只是稍微嘗試看看，當然不可能做出什麼好曲子。正常來說是這樣吧。如果像我這樣的人都能輕易做出曲子，這世界豈不是作曲家過剩了。我和小珠差距太大了。雖然體悟到我們的差距，但這次的經歷也算是一次不錯的學習。

唉……我還是沒有堅持下去。每次都以放棄告終，讓我愈來愈討厭自己了。雖然可以笑著掩飾過去，但我已經疲乏了。

我佇立在街頭，自言自語的微弱嘆息形成一道白色霧氣，雪飄然落下，寒意漸濃……落日緩緩西沉，街道燈飾伴隨街燈逐漸亮起。但我卻無心欣賞眼前的美景。

＊～＊～＊～＊～＊～＊～＊

回到家後，我逕自往房間走去。

「彩葉，妳今天去哪裡了？小珠來過唷。」

「……啊，嗯。知道了。」

「啊，可以幫我加暖爐的油嗎？媽媽現在騰不出手來……」

我把油箱拿到放在玄關的儲油桶旁，用幫浦注入油。石油的氣味讓人嗅到歲末年終將至。今年即將結束了。明年的新希望呢？算了，不想了。吃橘子吧。

……小珠來過呀。我好像有瞄到她傳來「現在去找妳」的訊息。因為我把來電訊息設成靜音，從螢幕通知看到開頭幾個字，但一直沒有打開看，這下子更不好意思向她低頭道歉了。

「……肚子痛。」

唉，不喜歡這種感覺。對了，看影片好了。看一些有趣的影片或搞笑影片。

「……啊哈哈哈哈！噗……呵呵！」

啊，突然覺得窩在房間邊吃東西邊上網觀看有趣的影片、寫作業、用功考取大學，畢業後找一份工作，接著經歷結婚生子……這種普通生活其實也可以過得很充實。當下開心就好。我可

以放鬆心情，盡情用電腦到隔天天亮……

常言道「人不能沒有夢想」，但沒有夢想真的很糟糕嗎？畢竟，夢想能不能實現強求不來。我也不想變成沒有夢想的人啊。我非常羨慕那些為夢想拼命努力的人，也會因此受到鼓舞，但現實情況就是太勉強。再下去只是自欺欺人。

我橫躺在電毯上，望著房間的天花板。然後瞄到書桌。那張擺滿我喜歡的東西，無緣用它來培養作曲興趣的「書桌」。還有幾乎沒用到的二手樂器、及沒翻閱幾頁的作曲書……

「小珠現在一定很無言。」

事到如今，又再度想起我自己說過的話，我好像有說：「小珠根本不懂沒天分的人的心情、反正我本來就做不到……之類的話」，淨說一些自曝其短的話。而且惱羞成怒。

……不要回想了。再這樣下去，我可能會生病。真希望輕鬆悠閒地過生活。

「……怎麼辦呢？」

啊啊，又來了。停止！不准胡思亂想！想一些無關緊要的事情吧，對了，那部漫畫的新作好像是這個月開始發售吧。好想換手機喔。啊，突然想到寒假作業……馬上就要元旦了呢。很期待收到壓歲錢。不知道會收到多少呢？

「……」

想著想著不知不覺就睡著了。

真希望永遠睡下去。

■小珠與網球的插曲

我認真思考彩葉生氣的原因，但毫無頭緒。

「平時脾氣溫和的她發了這麼大的火一定有理由……不過……到底是什麼原因呢？」

看來我又在不自覺的情況下惹惱別人了。是我的言詞激怒了彩葉嗎？我擺出一副什麼都懂的樣子說了一堆，但就是不懂她究竟生什麼氣。

我一邊進行年末大掃除，一邊回想到底錯在哪裡……

「喂、珠美，這是妳的東西吧？不要了吧？」正在整理儲藏室的爸爸突然問了我一句。

「什麼東西？」

我對他手中拿著的東西隱約有點印象。

「嗯……不要。」

那是一支幾乎全新的網球拍。看到這支球拍就讓我想起那段不愉快的記憶。

＊～＊～＊～＊～＊～＊

「我決定用它努力練習！」

這已是四年前，大約是國一升國二時的事情，那時的頭髮比現在短。我加入網球社還不到一年，打得並不太好。即便球技不佳，但我還記得我握著父母送的新球拍，在房間裡興奮地蹦跳的印象。

這個時期的我，朋友比現在多，在班上也沒有特別出色的地方。這樣形容自己雖然奇怪，但說實話，我當時真的什麼想法也沒有。在學校裡只是一群學生當中的一名普通學生。

「哪裡有網球場呢？」

期末考前，社團活動便會暫停，周末也不開放場地。因為學校的網球場不能使用，所以我上網搜尋，找到了騎自行車可到的公共網球場。我記得社團中最厲害的同學也經常去那裡打球。

「西公園的網球場……啊，好像是那裡，我記得應該有。……是不是不需要預約？哇，還有軟式網球呢。」

收到新球拍和新鞋令我開心不已，原本打算考完再去練球，但實在等不及，於是我向爸媽保證晚上會認真讀書，才順利出了門。順帶一提，我的球技很爛，老實說好幾次都想放棄。但我爸媽會不斷鼓勵我，看在自己有點進步的份上才勉強堅持了下來。但我贏不了比賽，對手實在太厲害，根本不是人家的對手。社團活動時間幾乎都在撿球和體能訓練，實際練球的時間卻相當少，但我沒有因此而退社。我想這樣的基礎訓練和撿球動作，將來在某些方面肯定會有幫助。

「……喔喔，西公園的網球場，設施好像很完備耶。」

第一次來公營網球場，發現周圍環境很不錯。與學校截然不同，有種成熟大人的感覺呢。利用這個場地勤加練習的話，會不會就能突然變得超級厲害呢。

「我要拼命練習發球，今天就變超強！」

因為是自己一個人來，所以能做的練習有限。不過沒關係，我本來就不擅長發球，經常白白送分給對手。只是把球拋起來用球拍打進對手的場域裡，這麼簡單的動作對我來說卻難如登天。我很容易打在拍柄而不是拍面上，就算打到拍面，也往往偏高直接出界。所以今天要練習發球。不奢望擊出刁鑽的發球，只求好好打進對手的場域。

發球失誤、失誤、揮拍落空、進了！失誤……五球中只進一球。果然是正常發揮實力的結果。只要七、八成的球能打進對手的場域就好。

「呼……」

每當打完三十球，就得把飛散一地的球撿回來才能繼續練習。這個動作雖然麻煩，但也是發球練習的一部分。

（還是回家吧……）

不行，我還不能放棄，而且才剛來沒多久。再練習三回吧，中途放棄就白費努力了。

於是，那之後我又練習了幾回，有時打進、有時出界。雖然沒有顯著的進步，但這是積累的過程，只要堅持下去一定會漸入佳境。想一步登天的想法本身就是錯誤。所謂努力就是不斷積累好的和壞的經驗，也許在某個瞬間就會突然開竅也不一定。

「嗯。……？」

有一個正在注視著我練習的身影。原來是社團裡表現最好的同學。

「啊，妳怎麼……」

「黑白同學，很難得耶，竟然會在這裡遇到妳。」

「嗯。」

留著一頭烏黑長髮的同班同學。在班上，我很少跟她說話。雖然是一年級，但她已經能夠輕鬆擊敗二、三年級的前輩，實力達到全國水準。我記得她媽媽是相當優秀的網球選手。聽說她自懂事以來就開始打網球了。指導老師明顯流露出對她特別愛護的氛圍。還有一點值得一提……

「真是慘不忍睹，光看都覺得自己好像也會變笨。」

嘴巴壞到讓人無語……

「囉唆！那又怎樣？」

我帶著戒備心反駁她。不得不承認她確實很厲害，厲害到可以得意忘形，比賽成績也很出色。但這話太傷人了吧。

「我來教妳吧？」

「不用，我要自己練習。」

要給這傢伙教還不如自己來。

「是喔，難得我大發慈悲呢。妳竟然說不要！」

「我愛怎麼做都可以吧。不要管我。」

「哎呀，好吧。但我打算和朋友在這裡練習，妳能讓出球場嗎？」

「什麼？」

「我說球場空下來給我……」

「不要，妳不是也看到了？我現在正在練習。」

她聽到我的回應，露骨地露出了厭煩表情，不悅地回答道。

「……妳根本不喜歡網球吧？妳在這裡很礙事！快讓開！」

「我喜歡網球啊。我就是要在這裡練習！」

「……唉。就是常有這種人。明明也不怎麼喜歡網球卻硬要霸占球場，帶給別人困擾……」

那傢伙直勾勾地看著我，嘆了一口氣說道。

「我說我很喜歡啊。憑什麼擅自決定我的感受？」

「好吧，妳很喜歡但打得超爛。」

「喜不喜歡與球技好不好根本不相關吧？」

「怎麼會不相關？**被迫練習與因為喜歡所以練習，妳覺得哪一種人會進步？**……是說妳又不喜歡網球，為什麼要勉強自己？」

「所以……我剛說了我喜歡啊！」

「是喔……那妳說說看打網球的樂趣在哪？……有熱愛到無時無刻都在想網球的程度嗎？沒有吧？妳真的喜歡網球嗎？或者只是想營造有在打網球的形象？」

「……」

「到底如何?不管怎麼看都覺得妳很膚淺，並不是真的喜歡網球，只是一時興起，難道我說錯了嗎?如果我錯了的話，我向妳道歉。但是，妳不可能喜歡網球。因為妳連如何換網都不懂，卻說自己想變強，喜歡網球……根本是滿口謊言，所以讓我有種網球被妳輕視踐踏的感覺。而且還毫不在意地占用網球場，不禁讓人生氣。」

「……這裡是大家共用的球場吧。不是妳個人的東西。」

「啊，我受夠了。妳簡直不可理喻，誤解我的意思。算了，我要回去了。妳繼續自我陶醉吧。若只是想看起來很努力，就盡情用無用的努力來自欺欺人吧。」

「有用或無用什麼的……還不能斷定吧。」

「**笨案。當妳在努力的那一刻就表示妳不適合做這件事了。**因為像我這麼有實力的人，根本不用努力就走到現在!再見。」

「……」

語畢便逕自離開了。

「……什麼嘛!那傢伙真是莫名其妙!」

嘴上雖這麼說，但悄然在我心裡起了微妙變化。

我一個人站在球場上繼續練習發球。但球並不往我瞄準的方向飛，而且大概五球中就有一球連球拍都沒碰到，揮拍落空。

「呼！打了一年好像都沒進步……沒關係，繼續努力，一定能……」

我感覺心底好像被什麼觸動到了。但絕對不能承認是因為她的關係。否則我真的不知道該怎麼辦。

咔鏘——發球偏離瞄準的方向太多，別說是地面，這次打到場邊的金屬網上了。

「……」

「……可惡！」

我用力握住球拍，胡亂使勁把球擊出。不受控制亂飛的球再次撞擊金屬網發出聲響。然後，我拼命壓抑著心情，想把剛才的委屈吞下去，卻還是從喉嚨深處冒了出來。

「……努力到底哪裡不對了？努力就表示不適合嗎？要我怎麼做？我只能努力啊！妳又了解我多少？我也渴望投入自己感興趣的事情，但是始終找不到目標。還擺出一副很懂的樣子教訓人……妳很幸運找到自己的興趣，我打從心底羨慕妳，可以了吧？。妳現在肯定覺得我很可悲吧？……可是……別小看我！我也會找到的……就算知道自己沒有網球天分，還是很努力練習。求爸媽買球拍和球鞋給我。雖然不怎麼有趣但每天都很努力練習。到底還要我怎麼樣？妳不會明白……一個明知道自己沒有天分，進步也有限，只有比別人更努力的人，此刻握著球拍站在球場上的心情……」

我顫抖的哭聲在網球場上迴盪著。

隔天，我放棄打球了。

＊～＊～＊～＊～＊～＊～＊

「……對耶。我也曾經有過那樣的經驗。」

深夜十二點鐘，我抱著近乎全新的網球拍一邊回想過去。我曾經是那樣子的人啊……從此之後，網球話題在我家就變成了禁忌。我將它埋入記憶深處，絕不觸碰。幸運的是，升上國二之後接觸到音樂。從那之後我彷佛脱胎換骨，迷上音樂，一轉眼三年了，我的性格也轉變成現在這樣子。

仔細想想，班上同學和我關係疏遠也是從那個時候開始。以前我和班上同學還能有説有笑，但現在卻給人距離感、説話條理分明甚至有點不留餘地。我想這是因為我找到了熱衷的事物，以致於自己內心深處的某些東西發生了重大變化。想必我心底早就認同她的話。那傢伙確實令人討厭，現在回想起來也沒有好感，但她説的話並不是全然沒有道理。實際上我也是找不到理由反駁才會產生很大的反彈情緒。

……我其實不是不了解彩葉的心情，只是不願意回想起過去罷了。我遺忘開始做音樂之前的自己曾經是一個什麼樣的人……為什麼我沒有意識到這麼簡單的事情呢。

「午夜十二點鐘了啊……」

那天彩葉是用什麼心情跟我説想要作曲，對什麼感到不安……我承認我並沒有仔細了解。現在去找她應該不方便吧？但有些事必須馬上告訴她，就算見不到面也沒關係，先出門吧。

自我滿足時刻

第6天

堅持下去的人與堅持不下去的人（下篇）

「──啊……」

好痛。背好痛。不躺床上睡覺的下場。咦?啊,毛毯。媽媽進來過?房間的電燈也關了。電腦還開著……

「……」

我仰著頭在昏暗的房間裡滑手機。現在幾點?啊,一點鐘了。已經是半夜。……小珠打來過,又傳訊息。

「……」

一直不理人也說不過去,不知道她傳什麼訊息給我?不過,依小珠的個性,不會真的生我的氣吧?是吧……雖然不會生氣,但可能讓她失望了吧。小珠會不會覺得我是扶不起的阿斗。啊,不想看訊息。真怕她會說出尖銳刺耳的話,若是那樣我可能無法重新振作了。

「……呼。打開吧。」

我鼓足勇氣打開郵件。

『彩葉,今天不來了嗎?』

『如果是為了昨天的事,可以不要在意唷。』

……。

『我想到一種簡單易懂的做法了,今天繼續上課吧。三點左右來我家!』

『訊息一直是未讀狀態，打了電話也不通，乾脆去妳家一趟吧。』

我實在是……從頭到尾都是我的錯呀。為什麼對我這麼好？

『我現在在妳家門口。』

在我家外面!?從中午一直等到現在嗎？咦？這封訊息是一小時前傳過來……

「現在在妳家門口，該不會……」

我突然有預感，小珠就是會做這種事的人。

「現在還在嗎？」

我從二樓房間的窗戶往門口方向查看，先是發現小珠的自行車，再往旁一看，門口石階上有一個熟悉的身影。我急忙衝下樓打開玄關大門。

「小珠!?」

「……啊。嗨，彩葉……晚、晚安。」

在寒風刺骨的冬夜小巷裡，薄薄的積雪中，小珠裹著大衣不停瑟瑟發抖。

「妳在這裡做什麼!?」

「當、當然是……等妳啊。因、因為……半夜按門鈴太沒禮貌，心想妳可能會出來看……我剛一直在想要不要回家算了……」

小珠笑著擤鼻水。

「總之快進來吧。」

「啊，現在是半夜，會不會叨擾妳家人？」

「沒關係！快點！」

＊～＊～＊～＊～＊～＊～＊

我放輕腳步帶小珠進到房間。我把暖爐開強一點，一下子幫小珠烘乾外套，一下子倒熱牛奶給她暖身子。

「好溫暖！果然冬天喝熱牛奶最棒了！啊，彩葉，有沒有蜂蜜？」

「有。」

「可以給我一點嗎？熱牛奶加蜂蜜超級好喝耶！」

「真的嗎？」

「真的。而且比白砂糖天然，對身體也比較好。不容易發胖。」

「是喔。給妳……要加多少呢？」

「依照個人喜好。」

「……啊！真的很好喝耶。瞬間變成高級飲品了！」

「是吧！我還幫它取名，叫做『甜甜蜜蜜頂級牛奶特調』。」

「很浮誇的名字。」

「名副其實啊。」

「是啦。是啦。」

「……」

「那個，小珠……」

「？」

小珠依然展現她一貫的熱情態度。我不知道該從何說起，嘴巴張開又闔上，但又覺得不能不說，於是再度開口。

「……那個……就是啊……」

「嗯？」

「昨天真的很抱歉。」

「喔，不用在意。我也有錯。」

呼。太好了。我終於說出口了。對了，趁這個機會把話說清楚。

「小珠，我知道是我求妳教我作曲，現在又說這種話實在很過分，不過我是不是該放棄呢？」

「妳想放棄了？」

「嗯，雖然還不到一個星期，但聽小珠說了很多，所以明白自己可能沒有天分。現在知道自己有幾兩重，反而覺得這樣也好。總之謝謝妳。我比妳預期的難教吧？」

「不會啊。」

「……什麼？」

小珠注視著我，語調堅定地說。

「彩葉，妳可以辦到。我之所以這樣說，是因為我以前也跟妳一樣。」

……不，不可能。妳錯了，小珠。

「不一樣。我跟妳完全不同，這麼一目了然的差別連我自己都知道……」

「不，我們一樣。真的。」

小珠重複相同的話，略微垂下目光，接著用一種不太像她平常、缺乏自信的聲音繼續說道。

「……我呢，其實以前練過網球。我既沒天分，也根本不喜歡，但還是想嘗試看看。」

「網球？」

小珠有點難以啟齒地說下去。

「……後來因為某個原因，讓我放棄網球。我嘗試過，也遇到挫折，然後逐漸討厭自己……從此之後，網球對我來說只剩不愉快的回憶。那是我不想被人提起的往事。……看到現在的我，妳一定無法想像吧？所以說我跟彩葉沒什麼不同。」

「的確很不像小珠……」

總覺得她和平常不太一樣。不是那個一向自信滿滿的小珠，該怎麼說呢？感覺變成普通高中生了。

「小珠突如其來的告白，讓我有點不知所措……」

我該附和嗎？不過，會不會太失禮？小珠和我完全不一樣，她很厲害啊。

「跟彩葉妳的情形很像吧？」

「呃……」

「我的自信不是與生俱來，也不是一開始就清楚自己想做什麼。」

「嗯。」

這種感覺好奇怪。我眼前這位眼神怯生生的、聲音聽起來沒什麼自信，散發著不安氣息的普通……嗯，可以用普通來形容的女孩，竟然是小珠!?

「但是，我接下來要說的才是重點！」

小珠抬起臉，用開朗的聲音說道。

「**我之所以能擺脫自我厭惡的惡性循環，是因為我下定決心要把一件事『做到討厭為止的程度』**。無論是運動、創作或遊戲，剛開始都會感到困難，還無法體會它的樂趣所在。如果這時候就放棄的話，不只會討厭那件事，甚至也會討厭自己。所以，要好好學習那件事的玩法，徹底理解個中三昧。如果還是覺得無聊的話，到那時候再放棄也不遲。在我下定決心這樣做以後，第一次能做好的事情就是作曲。」

「……原來如此。」

「我想我不能置之不理，因為彩葉就像以前的我。自己也想不通為什麼要答應妳。也許是因為在妳身上看到以前的自己，所以才想教妳作曲。……有時即使學會了方法，也可能無法點燃全心投入的熱情。所以，如果實在無法體會個中樂趣，甚至感到討厭，就真的白忙一場了。」

小珠眼神游移繼續說道。

「該結束這個話題了，妳來我家吧。我等妳。」

「好。」

也許是我誤解了。一直以為那些很厲害的人哪裡會有什麼煩惱。但現在看來似乎不是那麼回事。就像小珠說的，每個人都有自己的煩惱，有時也會討厭自己，端看妳能不能一個一個克服。小珠的厲害之處不是她有多麼會作曲，而是她能夠全心全意投入在自己喜歡的事情上。也許這才是讓人佩服的地方。

而我呢？雖然不知道自己能夠投入多少……

受到小珠的鼓勵，讓我覺得可以再努力看看。

今天就到此結束……！

珠美的提醒

如何進行聽音記譜？

這裡要說明聽音記譜的訣竅和工具。

聽音記譜時，必須不斷重複播放同個片段，聽取某個樂器的音高。如果可以快速播放需要的片段，就能讓「聽音記譜」更加愉快。

比如，我會稍微調整一下滑鼠的滾輪按鈕，將它設定成與音樂播放器的播放進度條連動的狀態，當按下滾輪按鈕時也可以重播或暫停歌曲。完成這項設定之後，就可以隨心所欲選擇要重播的片段，也方便立即重播或暫停。

若不知道怎麼設定，可以請朋友幫忙。另外，雖然便宜的頭戴式耳機也可以，但聲音聽起來若模糊不清就不行，盡量選用能夠清楚聽到聲音的「監聽用」耳機。推薦使用「HPH-MT220」（YAMAHA）或「MDR-CD900ST」（SONY）。

自己也不知道去到何方

不小心完成了
很恐怖的曲子……

呃……為何我無法徹底捨棄那段旋律！可惡！但直接拿掉這個部分也不合理啊，沒時間了。
あああああ
あああああ

到截止時間了，不管了!!
明天再交修正版本就好……！

隔天
咦？完全可以耶。

第7天

跨越最初的高牆

經過了一夜，地面堆起薄薄的積雪，冷風吹過一陣沁涼，雪地反射陽光閃閃發亮。決定重新振作努力的我，帶著比之前更加期待但還是有些不安的心情，踩著自行車前往小珠家。我想要的東西也許就在這道牆的另一邊，也可能跟我想的不一樣，但是不親自確認就無法放手。我邊騎邊回想小珠說的話，很快便來到小珠家。現在時間是早上十點。

『叮咚』

「……咦？」

『叮咚』

「……」

沒有回應……外出了嗎？我們約十點鐘碰面，該不會我記錯時間了？

我翻出小珠昨天傳來的訊息，是約十點鐘沒錯。還在睡覺嗎？啊，小珠來訊息了。

『抱歉，妳自己進來吧，門沒鎖……』

嗯？為什麼還要傳訊息？啊，門真的沒鎖！

「打擾了……咦？好像沒人在家？直接走進小珠的房間吧。」

我上樓來到走廊深處的房間，房門上掛著寫有『珠美房間』的掛牌，字體很可愛一點都不像小珠的風格。打開門一看，小珠正躺在床上一動也不動。

「早安！小珠……」

「哦哦……彩葉……咳、咳、咳咳、抱歉，幫我拿衛生紙好嗎？」

「妳感冒了嗎!?」

「什麼？不，不是啦。只是有點頭暈想吐，身體也微微發燙而已。是不是太亢奮的關係？咳……」

「妳就是感冒了啦！啊啊……可能是昨天……對不起……」

「什麼!?我感冒了!?咳！」

「難不成妳從沒得過感冒？」

「嗯。我一直以為感冒只是請假的理由而已……原來如此，這就是感冒了啊……（驚）」

「哇啊啊！」

「抱歉……我去廁所……」

「快去！天啊，看起來好嚴重！」

——總之，就這樣……

我讓小珠把被汗水沾溼的睡衣換下來，並披上毯子，然後我便急忙跑到便利商店買感冒藥和運動飲料。回來後又是一陣忙亂，一下調節房間溫度、一下準備冰枕……不知不覺已經過了十一點鐘。

「……沒想到自己會感冒……會不會就這樣死掉啊?我還有很多想玩的電動遊戲耶。」

「不會死掉啦,不用擔心。但妳燒到……三十八度耶。真對不起,都是我害的……是說,妳家人呢?」

「喔,我爸上山割草,我媽去銀座貴婦派對。」

「上山割草……爸爸感覺好命苦……」

「他是去工作啦。倒是我媽會比較晚回來,她這份兼差工作每到年末都很忙。」

「那我來照顧妳吧!妳要睡一下嗎?」

「呃,一直躺著很無聊耶。」

「如果症狀惡化就糟了。好好休息才能恢復。」

「唔唔唔……」

~~*~*~*~*

過了一會,小珠終於入睡。話說回來,她竟然從沒得過感冒,這是什麼鐵做的身體?根本是超級健康寶寶。不過,看著她睡著的臉龐,發現她和我一樣只是一名普通的高中生。因為小珠平常說的話太超齡,偶爾會忘記她還是高中生呢。

我腦海裡再次浮現小珠昨天說的那句「我曾經也跟妳一樣」。以前的她曾拼命地尋找自己想做的事，也一度討厭自己，後來才與音樂相遇。真希望我也能找到想做的事。

我把目光轉向小珠的書桌，看見電腦螢幕上的作曲軟體視窗。原來她在工作啊……正這麼想的時候，仔細一看，那是我做到一半的聽音記譜檔案。

「……原來，她知道我要來，所以先預備好了啊……」

可是，現在必須休息，不能講話呢。

「咳咳咳……三十個也太多了！咳……這樣可以嗎？」

「什麼？」

「太辛苦了……咕噥咕噥……臉頰要……掉下來了……」

……什麼嘛，說夢話呀。好像是很幸福的夢。在吃什麼東西的夢吧。

「……邊邊的地方不好吃啦……鮮奶油最好……」

「邊邊!?鮮奶油!?」

唉，就連睡覺也……小珠果然不是普通人……

我幫她把已經變成溫水的冰敷袋取下，換上另一個冰敷袋。在我發出窸窸窣窣的聲響時，小珠醒來了。

「彩葉，電腦……」

「嗯？怎麼了？」

「我說電腦……」

「啊，我先把它關掉嗎？」

「不要關掉，我想跟妳說我已經設定成比較容易聽音記譜的狀態了，妳試試看。」

「咦……？」

「那邊有頭戴式耳機，用那副耳機吧。」

「啊，那個……嗯？」

小珠說完後又睡著了。我今天本來打算專心照顧她就好……嗯……也對，戴耳機就不會吵到她了。

聽到小珠睡得很沉的呼吸聲。畢竟她是因為我才會感冒，趁她睡著的時候趕緊來練習吧。嗯。就算還是不行也不用感到氣餒。

我坐在小珠的書桌前，用作曲軟體繼續下一部分的聽音記譜。現在是暫停播放狀態……我按下播放鍵，聽到聲音從耳機裡傳了出來。

「咦……？」

感覺好像格外清楚!?貝斯的聲音很明顯。難道是因為頭戴式耳機的關係嗎？咦？啊！哇——搞不好可以順利完成了喔!?

「小珠說幫我調成比較容易聽音記譜……」

沒錯。變得輕鬆多了，之前感覺很模糊，現在可以聽得一清二楚。接下來只需要把符合的音輸入進去就可以了吧。如果是這樣的話，或許我能自己完成。我在已完成聽音記譜的〈Country Road〉旋律上，加入貝斯的部分。我沒有糾結在正確與否的問題上，總之先全部完成，即使錯了也沒關係，之後再仔細修改就好。而且，我對我的音感也漸漸比較有把握。副歌的這個地方是這個音吧、這樣的聲音就是所謂的和聲吧、肯定是這個音沒錯、相當完美貼合，聽起來很悅耳……啊，不過，副歌之後的這個地方……有點難以分辨。多聽幾次就會知道嗎？這部分先放著不管，之後再說吧。就從聽得出來的地方照順序進行下去。喔！原來第一段和第二段沒有太大區別呢。也許有些微的差異？好像第二段的貝斯比較有變化。不過感覺很酷。

「！」

記得小珠之前講過「曲子的聆聽方法」，她說：「當妳能夠辨認出每個樂器的聲音時，聽音樂就會變得更加有趣」，也許就是這種感覺吧。以前只是單純享受聽音樂的快樂，現在練習聽音記譜之後才發現它其實是有好幾個旋律疊加在一起……有點難以形容，像是互相投球與接球，或者是正在對話的感覺，我似乎有點開竅了。啊，不小心模仿小珠的口氣。看來也不是很難理解嘛，旋律必須契合才會產生舒服悅耳的聲音。

……聽音記譜比較難的地方，就算有錯也沒關係，暫時把聽到的音記下來。這麼隨便會不會不好呢？

「……」

我轉頭看著小珠，心想如果是小珠的話，她會說什麼呢？

「應該可以吧。因為我自己很喜歡。」

不對也沒關係。我漸漸明白「不做比犯錯更加糟糕的道理」。因為奢求一開始不犯錯才是不合常理。不要怕出錯，堅持到最後就對了。

＊～＊～＊～＊～＊～＊～＊

我一邊聽音記譜，偶爾暫停一下幫小珠換冰敷袋。雖然速度不快，但不斷反覆聆聽之下，不知不覺也完成貝斯的部分。我聆聽已經完成的音檔，再次感受到這兩個旋律愉快地交織在一起的感覺。

「……彩葉……」

「啊、怎麼了？」

我取下耳機轉身看著小珠。

「我肚子餓了。」

「要不要吃蘋果？」

我把買回來的蘋果削了皮放在盤子裡，插上牙籤，然後端進房間。

「當病人真好，有專人伺候……」

「哈哈，不過代價是要忍受不舒服、想吐之類的症狀。」

「想吐聽起來感覺很糟，不過以後想偷懶時，我也來學妳生病看看！」

「……妳那是裝病啦！」

「喔喔，原來如此，裝病最棒了。」

小珠吃著蘋果，並再次量了體溫。還是超過三十七度。要繼續休息才行。

「妳吃完再睡一下吧。」

「啊——好無聊耶。」

「為了報答我無微不至的照顧，妳這個病人還不好好睡覺。啊，對了……」

我帶著有點興奮的心情，跟小珠分享剛聽音記譜的成果。

「我……好像完成貝斯的聽音記譜了。」

「喔？真的嗎？」

「嗯。趁妳睡著的時候，我繼續上次的進度，好像抓到訣竅了，漸漸有點感覺了！」

「哇！太好了！」

「我也覺得不可思議。前天是一個音也聽不出來，才短短幾天就能分辨樂器的聲音。我竟然做到了耶。」

「其實有一個小祕密。」

「什麼!?」

「前天是按照我平常的方式進行聽音記譜，但仔細一想才發現這是針對音樂程度不錯的人，或應該說是適用我的方法。」

「嗯。」

「所以，我努力回想我當初到底怎麼進行聽音記譜，於是想起來的第一件事就是用音響真的很難抓出音。」

「沒錯！我也是改用頭戴式耳機之後才發現差異！」

「是說，習慣了以後想用音響也完全沒有問題。但剛開始的確是耳機比較容易進行聽音記譜。首先是這一點。」

「還有其他嗎？」

「嗯，還有另一點。我先幫妳把播放速度調慢一點了。」

「原來如此！妳已經調整過了啊……我竟然沒發現……」

「一開始都是這樣，我把播放速度調慢，設定成原本的百分之八十左右。這樣一來，比較容易跟上旋律線快速變化的部分。」

「嗯，聲音變得容易辨認的原因就在這裡。」

「再加上……」

「還有啊？」

「對。而且我已經事先設定完成了。在ＤＡＷ裡，利用等化器（ＥＱ）把低音的音量放大。等化器可以設定想要聽到哪個部分的聲音。」

「哇！還能做這種事啊！」

「嗯。**頭戴式耳機、調整播放速度、放大低音音量**，這三點都已具備，所以聽音記譜肯定會比之前輕鬆。」

「……原、原來如此。」

原來小珠幫我做了這麼多事情，難怪明明沒什麼長進的我也能聽音記譜了。

「不過……彩葉，我想讓妳稍微再嘗試……不好意思借過一下。把這個這樣……」

小珠下床並走過來操作電腦。

「用這種狀態再做一次聽音記譜吧。我把那些設定全都改回來……」

「什麼？變回來有點困難吧!?」

「那倒不會唷。只要聽出來就表示已經抓到感覺了。我覺得彩葉現在應該不用依靠這三點就能聽音記譜。妳試試看就會知道了。」

「嗯，好。」

我在小珠的催促下再度按下播放鍵，比起剛才聽到的聲音，感覺速度快了一些，低音也比較小聲。但是……

「小珠，我能夠分辨聲音了。」

「對吧！」

我現在可以辨認出貝斯了。原本聽起來很模糊的音，現在也聽出來是什麼音了。雖然還不是很熟練，但跟之前相比算是能夠分辨音的程度。

「謝謝妳！」

「不客氣！不過我呢……要再睡一下……感覺有點想吐……」

「啊啊！對不起！」

「我沒事，睡一覺應該會好一點。」

「嗯。那我繼續練習，妳快休息吧。」

「等我醒來的時候，妳就完成其他樂器的部分了!?」

「……怎麼可能！」

在玩笑聲之後，我一邊照顧小珠、一邊完成聽音記譜，就這樣過了一天。

雖然貝斯以外的音還是沒有完全搞清楚，但總算是把聽得出來的地方記下來了。

傍晚時分，小珠的家人回來了。小珠也退燒了，於是我踏上回家的路。儘管是因為小珠的幫忙，但我還是很開心看到自己的進步。特別是第一次體會到聲音重疊在一起的美妙感受。

今天就到此結束。

專欄

作曲軟體的操作方式

DTM 的基礎操作「指令輸入」

開啟『Domino』軟體，畫面上會顯示縱向的琴鍵(如圖中1)。選擇「鉛筆」工具(如圖中2)後，在琴鍵右側按下滑鼠就會發出聲音(如圖中3)。接近下方的是低音，聲音愈往上愈高。琴鍵右邊的橫軸表示時間(或者小節)，長方條愈長，音也愈長。點擊琴鍵「C2」位置右邊的第一小節開頭部分，就會發出指定的音色。

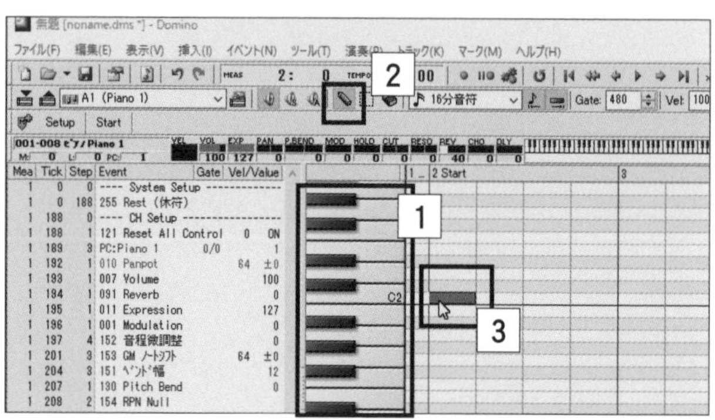

接下來把剛剛輸入的長方條拉長到第一小節結尾(如圖中4)。然後按下「播放」按鈕(如圖中5)，一個比較低的「Do」音就會播放整整一小節。你可以隨意試看看輸入不同音長或音高。

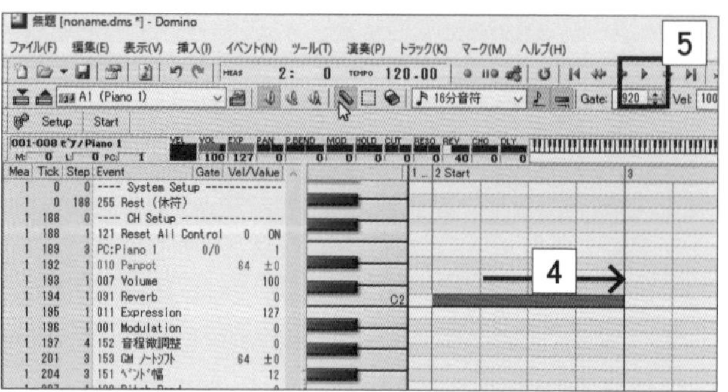

※這個可以輸入長方條的區域稱為「Piano Roll」。Mac電腦內建的『GarageBand』軟體介面的標示與使用方式也都一樣。詳細使用方法請上網搜索「○○(軟體名稱)使用方法」等關鍵字，就能獲得相關信息。

第8天

聽音記譜的最大難關

「嘟─♪嘟─♪咚♪ 嘟─嘟─咚♪」

「妳看起來很開心。」

「嗯？是嗎！感覺從昨天開始腦海裡就一直有貝斯的聲音……」

「喔！我也會這樣。而且那個症狀在開始作曲之後會加重喔。」

「哈哈，幹嘛說成症狀啦。」

第八天的上午。我今天也到小珠家。小珠的感冒已經完全痊癒，恢復到平常的樣子。昨天我完成了旋律和貝斯的聽音記譜，終於逐漸明白聽音記譜究竟是怎麼一回事，我有跨越高牆的感覺，心情有點激動。

「聽音記譜很有趣耶，小珠！」

「呵呵，竟然能從之前意志消沉想放棄的彩葉口中聽到這話，我真的很開心！」

「嘖……聽起來很壞心眼耶。」

「哈哈哈！別在意。不過若能了解聽音記譜的樂趣，那就太棒了。這本來就不是什麼學校功課嘛。只不過是把聽到的音完整記下來，應該很有趣。」

「沒錯！雖然我還是不知道怎麼用Do Re Mi唱……」

「不知道也能聽音記譜，對吧？所以說有些東西晚一點學也可以呀。」

「嗯。學習的順序按照有趣的程度好像也不錯。」

「對啊。做音樂最重要、也是初學者最該注意的是，要**擺脫『應該先學理論』的固有觀念。**」

「嗯。但若先學一些理論，感覺會進步比較快耶。」

「那只是『感覺』啦。硬要依照那些理論的東西來作曲，也只會做出一點也不有趣的曲子，除非已經深入理解它，否則反而可能做不出曲子。重要的是，要盡快發掘其中的樂趣。」

「有趣本身可能帶有偷懶的印象，但這樣也沒關係吧？」

「我之前也說過：『努力比不上全心投入』。當妳覺得聽音記譜很有趣時，就表示做這件事對妳來說很愉快，不用努力拼命或苦讀。這是最棒的體驗。」

「嗯。我也覺得……對了，我已經完成旋律和貝斯，接下來做哪個部分呢？」

旋律和貝斯的部分已經完成了。但剩下的其他聲音聽起來參雜在一起，很難辨認……這些也要聽音記譜吧？

「旋律和貝斯完成以後，接下來就是聽音記譜的最大難關『和弦』！」

「和弦的聽音記譜？」

「順便提醒妳，這個部分相當讓人受挫。這是魔王關卡。但只要越過這一關，就差不多快到終點了。」

「嗯……但我已、已經開始不安了。」

和弦是不是像是……Do Mi Sol同時發出的聲音？

「我知道妳可能快要聽膩了，但還是先來聽一下〈Country Road〉。」

小珠播放〈Country Road〉，現在我的耳朵幾乎可以準確跟上旋律和貝斯的動線。

「接下來輪到鋼琴伴奏的聽音記譜。妳要仔細聽喔。」

「嗯。」

雖然已經聽了無數次，但這次要把注意力放在鋼琴的聲音上，於是我豎起耳朵仔細聆聽。

「……」

「……嗯？」

再播放一次。

「……」

「有聽到鋼琴的聲音嗎？」

「那個……和弦是指幾個音同時發出聲音的意思？」

「沒錯。」

「是嗎？但我覺得只有發出一個音耶。」

「不可能，這就是和弦唷。」

……？騙人吧!?我只聽到一個音啊。

「妳是指這個部分嗎？這個鏘—鏘—的鋼琴聲？」

「對。」

「那個……不就是這個聲音嗎？妳聽，這個音。」

我在鍵盤上按下剛聽到的那個音的音高位置。

「對，有那個音，還有哪個音呢？」

「還有喔!?」

不對、不對不對！我只聽到一個音耶。

「仔——細地聽唷。不只那個音而已，還有其他音。」

「……嗯。」

我知道還有其他音，因為剛用鍵盤彈出的音顯然與原曲的音不太一樣。似乎有點太單薄了，或者說是缺乏厚重感。這就說明真的不只一個音。

「妳說真的是同時發出來嗎？」

「是啊，確確實實！只是我也覺得有點難聽出來。」

「……嗯。」

「好吧，給妳一點提示！」

「等一下，我想再聽一遍。」

「喔。」

……有嗎？跟貝斯相比，難度會不會突然提高太多？貝斯的話，只要聽出它的聲音就不容易跟丟，但這個和弦則是連聲響都無法確實掌握……

「呃啊啊啊……我聽不出來……」

「嗯。這個地方一開始就聽出來的人很厲害喔。」

「有沒有什麼祕訣？」

小珠好像比之前更會讀我的心思了，她湊近我的臉頰露出很神祕的微笑。

「很遺憾沒有祕訣，但有一定的規則。這個對聽出和弦的幫助很大。」

她邊說邊從我後方伸出手按下鍵盤。

「**和弦大致是由三和音或四和音所構成的層疊厚實音感。**妳其實已經聽出四和音中的兩個音了，就是這個音和這個音！」

小珠邊說邊彈出那兩個音。但都不是我剛彈的音。

「嗯……那個……我還是不太明白。」

「這兩個音就是『旋律與貝斯發出的音』。鋼琴伴奏中也彈了這兩個音。所以說妳實際上已經聽出這首曲子裡的某個和音中的兩個音。通常和弦不是三和音就是四和音。也就是說，這裡需要聽出來的音只剩一個或兩個。」

「喔!?」

「就算完全聽不出是哪個和弦，還是可以判斷該和弦可能包含哪些音。」

「……也就是說，旋律的這個音、貝斯的這個音、還有剛剛我說的這個音……」

「嗯。妳同時彈彈看那三個音。」

『鏘！』

「這……這是……！」

「很像吧！」

「很像耶！感覺比較厚實，聲音也比剛複雜一點……」

「妳現在彈的是三和音。最簡單的和弦樣式。其他還有四和音、及更加複雜的和音，目前可以先不用在意。找出三和音就好，妳接著完成鋼琴部分的聽音記譜。」

「嗯。」

原來是這麼一回事。當我聽出旋律與貝斯時，同時也找到和音裡的音了。這樣的話，我一次只要聽出一個音……原來如此。還有這樣的規律呀。

「忽然就很有音樂感耶，小珠！」

「對吧！**事實上只要有旋律、貝斯與和弦的聲音，就稱得上是一首曲子了。**」

「剛一直提到的『和弦』，讓我想到在吉他之類的樂器的確經常聽到這個詞。」

小珠認真思考我提出的問題，停頓片刻之後，靈光一閃回答道。

「就好比電影裡的人名，例如間諜的名字，他們都有自己的代號。」

「嗯……」

「換句話說，就是為了好記而取的稱呼，音樂上所說的和弦其實也是這種感覺。」

「好像懂了……」

「再比如我現在隨意彈的這個和音，鏘啷——。如果給這個聲響取名的話，溝通時會比較好懂吧？它們原本沒有名字，但隨著音樂的發展，和音被冠上統整編排過的和弦名稱。但有些民族音樂就不太適用這套規律。」

「也就是說，和弦是和音的名字？」

「沒錯。還可以看作是顏色搭配的組合。水藍色、米色、白色……**單一顏色給人的印象有限，但當它們組合在一起時，就能產生更加豐富深刻的『印象』**吧？」

「啊、好像是這樣沒錯。」

「不同的色彩搭配有不同的印象，例如水藍色、米色與白色的組合，給人一種淡雅的柔和感。相反地，紅棕色、深綠與深藍色的組合容易給人沉穩厚實感。換句話說，所謂的**和弦就是把某些音的組合冠上名字**。吉他手彈奏和弦就像是將一組配色組合聲音化，其實鋼琴伴奏也是如此。即便是無法演奏出和弦的笛子或喇叭等樂器，在「和弦」一詞的理解上也是一樣。」

「大家都好厲害啊……」

「音樂上，**某些音的配色組合型式就稱為和弦名稱**。我想妳應該看過，具體來說就是**用英文字母及數字表示**的文字，例如 C、Cm、Cm7 等。用一組代號就能同時和很多演奏者溝通交流，這就是和弦（很像暗號吧）。」

「哇嗚！是說怎麼使用和弦呢？」

「下回再教妳！目前不會用到，先不用記沒關係。只要聽過就可以了。」

「好。」

「還有，不要糾結在和弦名稱上，最重要的是要能感受『音和諧交織在一起所發出的動人樂音』。**代號只是便於溝通交流。想找出讓人聽了心情舒暢愉悅的聲音，只能靠感覺得到解答。**」

「……嗯，雖然似懂非懂，但好像是那樣沒錯。算了啦。我以後應該就會明白了吧。」

「話說，接下來要做什麼呢？」

「了解和音的辨認方法之後，就把鋼琴的和音全部都聽音記譜吧。」

「……光想就好累喔。」

「這裡可能是整個聽音記譜過程中最耗腦力的部分。但當妳能憑感覺抓出來的時候，就差不多能夠處理大部分的情況了。」

「嗯，總之先做做看。」

於是，我一邊播放曲子，一邊仔細聆聽鋼琴的伴奏聲。不過，目前還是只能聽到單一的音。但能感受到好像有其他的音。呃，不過，嗯？

「唉呀……好難啊……」

＊～＊～＊～＊～＊～＊～＊

在那之後大約經過了三小時，我終於把鋼琴的和音（馬馬虎虎）完成了。

「呼——小珠，這樣對嗎？」

「有些對了，有些怪怪的，但差不多可以了。就算不是一百分，能完成比較重要。」

「這個真的很難耶。」

「嗯。這部分確實有難度。不過妳已經做出來了啊，接下來只要反覆練習。經驗愈多，耳朵也會變得愈靈敏，能夠更精準地聽音記譜。」

「這樣算是完成聽音記譜了嗎？」

「嚴格來說還有一些其他樂器的聲音，其實也想讓妳練習一下，但剩下的幾乎都是重複差不多的作業，所以就隨便妳吧，想做就做。」

「所以可以結束了!?」

「不，還早勒，還有一個樂器也要進行聽音記譜。」

「啊……是喔。」

聽音記譜真的是沒完沒了耶……

「放心，這是聽音記譜最後的部分了。最簡單又有趣唷！」

「很簡單？」

「嗯，真的很簡單。那就是鼓組的聽音記譜。」

「鼓組的聽音記譜！打擊樂器是吧！」

「雖然剛才說很簡單，但以這首歌來說，複雜的地方比其他樂器都難許多，總之若不追求完美的話，其實很好處理，所以妳只要好好享受過程就好。」

「嗯。我試試看。」

小珠更改了作曲軟體的設定之後，鍵盤按下去就變成鼓組的音色。原來還可以這樣呀。

「這是**大鼓**的聲音，發出『咚』的低沉打擊聲。然後這個清晰銳利的『噠』是**小鼓**音。首先來試試看讓這兩個聲音交替出現。」

「好。」

我試著用手指交替彈奏大鼓與小鼓，咚、噠、咚、噠……

「對，就是那種感覺。這裡還有發出『刺』聲的**腳踏鈸**音。」

「腳踏鈸？」

「鼓組中有一個由上下兩片銅鈸組成，形狀貌似帽子的樂器就是腳踏鈸。它可以發出『刺刺此、刺刺此』這種很愉悅的聲音。」

「啊，好像在哪裡聽過！」

「讓大鼓與小鼓交替出現，同時也讓腳踏鈸保持一直發出聲音的狀態……」

『咚！刺！噠！刺！』

「哇啊啊——有打鼓的感覺了！」

「總之主要是這三種音色。雖然還有使用到其他樂器，但現在只要聽出這三種就可以了。」

「嗯。」

我獨自練習鼓組的聽音記譜。雖然馬馬虎虎，但乍看之下有模有樣！

「哇！突然有歌曲的感覺了耶，好棒喔！」

「對呀，加入鼓組以後就會有歌曲的感覺了。因為『世界觀確定下來了』呀，很驚喜吧！」

「感覺充滿了生氣，就是那個……音樂！」

「哈哈！沒錯！」

在完成旋律、貝斯與和音時就已經相當有模有樣，現在加上鼓組之後，完全可以說是一首曲子了。哇，這就是曲子了吧！真神奇！

「……這部分真好玩，小珠……」

「是啊。它就像一道甜點，開心地做就好。若要詳細探究鼓組的聽音記譜，有些鼓組還會使用不同音高的筒鼓，或一種名為強音鈸的銅鈸，能發出『鏘——』一聲的延音聲響。這部分妳可以按照自己的步調練習。」

「嗯。」

「接下來是……」

「咦？還有喔？」

「沒有了，聽音記譜到此大致結束！」

「喔耶！總算結束了！」

「終於跨越第一個難關了呢！若仔細深究的話，其實還有其他各式各樣的樂器，但目前先學會這些已經十分足夠了。」

「好。呼——結束了耶，還以為我永遠等不到這一天……」

「之後有空就找自己喜歡的曲子來練習聽音記譜喔！」

「嗯。只要抓到訣竅就一定很有趣。」

「沒錯。明天會進入第二道關卡。關於音調。」

「第二道關卡……」

第一道就讓我吃了這麼多苦，第二道不知道會如何……

「別擔心，第二道反而簡單一些。因為彩葉漸漸的比較能體會音樂帶來的感受了。接下來其實不是練習操作技巧，而是要學習一些基礎知識。」

「喔、喔，好。有稍微安心一點了……」

「需要掌握的技術只有聽音記譜而已，痛苦掙扎的日子已經結束了！」

「太好了！」

「繼續練習鼓組的聽音記譜，還有也用別首曲子練習吧！」

「好。」

＊～＊～＊～＊～＊～＊～＊

今天有很多要記的東西。我對和音的聽音記譜方式，還有鼓組都有初步的了解，最重要的是，完成幾個樂器的聽音記譜之後，就有曲子的感覺了。我真的進步很多。老實說還是搞不懂和音的部分，但就先這樣沒關係吧。

明天終於要進入第二道關卡了。小珠預告是關於「音調」。感覺未知的事太多了，不知道該做什麼準備……

今天就到此結束！

第9天

音調

「就如我昨天的預告，今天要正式進入第二道關卡。說實在話，妳能成功跨越第一道關卡，很厲害唷！」

「應該給妳帶來不少困擾……不過，我很高興度過難關了……」

「總之就是抱持玩心持續練習。只要做過一遍，自然會有所體會。今天要講的第二個關卡是關於『音調』，理解音調就必須學習一些樂理知識。雖然我已經盡量避開一般的音樂教學方式，但唯獨音調是例外。」

「嗯。希望我聽得懂……」

說到音調，第二天上課時，除了聽音記譜以外，的確有提到另一個重點，就是這個叫做『音調』的東西。

「嗯。若將音樂比喻成學科的話，**音樂整體而言是文科，聽音記譜則是體育科，而音調就是理科**。不過，需要會的就是這些了。我跟妳保證……只要掌握這個部分，之後就只是在這些基礎樂理上進行組合和應用，不需要記什麼新的東西。最起碼，讓妳具備能夠創作音樂的程度。」

「……是說目前已經達到不錯的程度？」

「嗯，現在大概是整體的百分之六十左右吧，加上音調之後就是百分之七十，若繼續學習如何將聽音記譜和音調結合起來是百分之九十，完成曲子則是百分之一百。」

「聽妳這麼說，感覺終點逐漸清晰可見了呢。」

「嗯，再努力一下吧。過了第二道關卡應該就能順利抵達終點。……順帶一提，我也會講解妳之前很困惑的『Do Re Mi』。」

來了！Do Re Mi！

「噢，妳的表情已經露出一絲不安緊張了。我們就要解開那個令人不安的Do Re Mi之謎了。」

「終於，準備迎戰……」

我感到挫敗的其中一個原因就是Do Re Mi。小珠所說的『Do』和口風琴上『Do』的位置不同，這點一直困擾著我。確實是一個不能置之不理的問題……

「那我們就進入正題吧。」

「麻煩妳了。」

「說到**音調**這個概念……最容易理解的例子就是KTV裡偶爾會發生的事情！」

「KTV？」

「妳有沒有遇過點的歌曲聽起來比專輯的音要低或高的情況？」

「嗯。機器上有『原曲key』的按鍵……啊，key難道是指……」

「沒錯，就是音調。只要按下加號或減號的按鍵，就可以調整歌曲的音高。其實它是解釋「音調」的應用最容易理解的例子之一。」

「為什麼KTV不把歌曲的音高都設定成跟原曲一樣呢？」

「這是因為原曲的音調通常比較高，一般人很難駕馭，所以卡拉OK音樂公司為了讓歌曲好唱，才把key降下來。出發點是好意。」

「喔，原來如此。但就算難唱，也還是想用原key唱呀……不然聽起來好奇怪。」

「彩葉能有那種感覺就證明聽力相當不錯。有些人甚至連key降低了也絲毫沒有察覺，或根本不在意，直接壓低著嗓子唱。但有些人則因為跟自己記憶中的音高不一樣而感到奇怪。」

「啊，原來如此。但是那個調整音高的按鍵真的有那麼重要嗎？」

「那是當然，非常重要喔。那個東西就有如答案。」

KTV的調整音高按鍵……那個就是答案？

「是說用言語解釋不如讓身體直接感受吧。彩葉，妳彈一下Do Re Mi Fa Sol La Si Do。」

「呃……那個……」

小珠要我彈的Do Re Mi是要按哪裡？……我有預感不是原本的Do Re Mi……

「口風琴上的『Do』音開始，橫向依序按下白鍵就是了。」

「喔，好。Do Re Mi Fa Sol La Si Do……這樣嗎？」

「對，按照順序從Do開始只按白鍵。這就是彩葉相信的Do Re Mi了。」

「嗯。這是我知道的Do Re Mi……」

「這個也是Do Re Mi唷！」

「……？」

「嗯。妳把眼睛閉上。」

「？……好。」

「這個音是『Fa』對吧？」

「對。」

小珠像是想確認什麼一般，按下剛剛我按的Fa音。嗯，是『Fa』。

「那麼，這是什麼音？」

「嗯……」

接著，小珠從Fa音開始，彈出聽起來像Do Re Mi……的音！

「咦？欸？怎麼一回事？」

「這就是一切的真相。也就是說，**白鍵和黑鍵一共十二個琴鍵，而每一個琴鍵又有『以那個琴鍵為起始音的Do Re Mi Fa Sol La Si Do』**。」

「呃、那個……啊？」

「這裡很容易混淆，請集中注意力。若能理解這個關鍵，一切都會變得清晰無比。」

「好。」

「我認為Do Re Mi Fa Sol La Si Do這個說法其實不太好。雖然一開始看起來很容易理解，但實際上卻是混亂的源頭。」

「是喔!?」

「我之前用C、F……來稱呼這些音，還記得嗎？」

出現了！那些謎之英文字母……

「嗯，之前聽妳提過。」

「其實，琴鍵上的每個音都有固有名稱。Do Re Mi並不是它們的真正名稱。」

「咦？真、真的嗎？」

「Do Re Mi是它所擔任的角色名字。彩葉一直認為的**Do Re Mi Fa Sol La Si Do在琴鍵上的正式名稱叫做CDEFGABC**。這就是從C開始到C結束的Do Re Mi Fa Sol La Si Do。這是最常見的情況，當依序彈奏白鍵時就會發出Do Re Mi……不過，就像剛才提到的『Fa』，也就是琴鍵上的F音，也有以它為起始音的『Do Re Mi……』關於這點就要親自彈奏一遍，才比較容易理解，妳照這張圖上標註的音從頭到尾彈一遍看看。」

「好。」

我看著小珠快速畫下來的一堆琴鍵圖，一邊試著用口風琴彈奏出來。

「哇啊啊……真的耶。不管從哪個音開始都像Do Re Mi的感覺！」

「從這張圖就會發現所有琴鍵都能成為起始音。換句話說，我們可以從不同的音高開始彈奏

琴鍵的英文字母名稱

※C～B 之間的琴鍵共有 12 個，所以音調也有 12 個

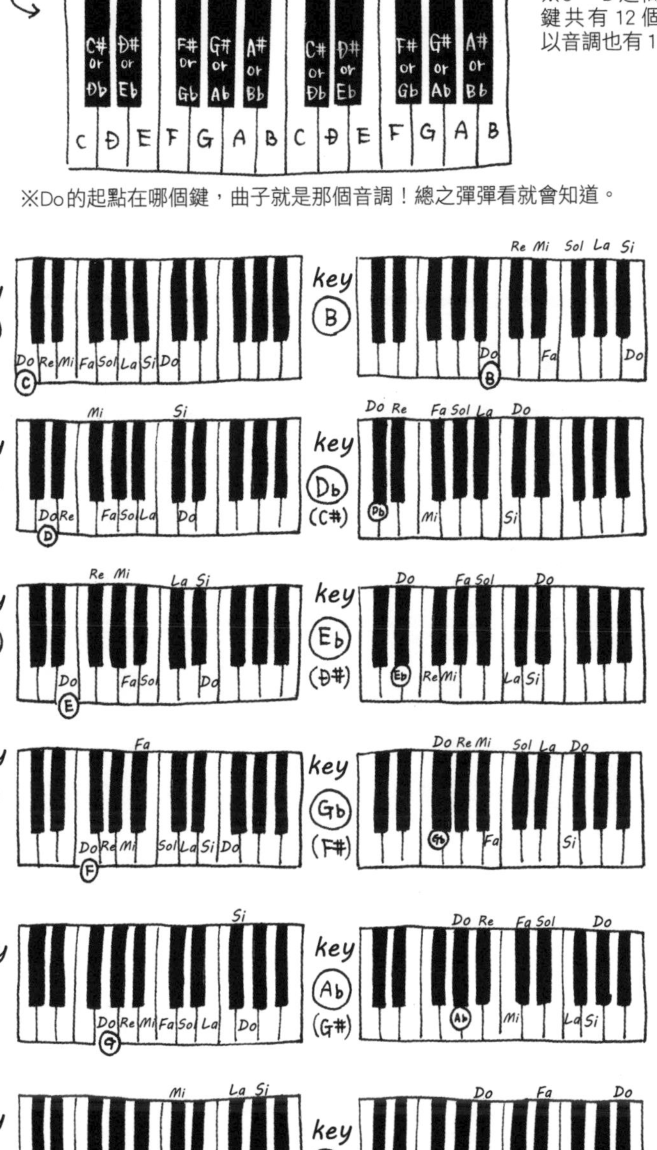

※Do的起點在哪個鍵，曲子就是那個音調！總之彈彈看就會知道。

『Do Re Mi Fa Sol La Si Do』這首曲子。不論是鋼琴、電子琴、口風琴，或是手風琴，白鍵和黑鍵加起來共有十二種不同的『Do Re Mi Fa Sol La Si Do』組合，是鍵盤樂器的統一標準規格。而**做為起始音的那個琴鍵就稱為『Do』，也做為曲子的『音調』名稱**。」

「我大概懂了……但為什麼幼兒園老師要把那個位置的琴鍵叫做『Do』呢？」

「這個嘛，可能是已經超出兒童可理解的範圍，所以……」

「……嗯。」

「老師要教音調，還要說明由不同起始音組成……光想就頭痛吧。」

「自己彈奏看看就會發現真的是這樣呢。還可以從各個琴鍵位置開始……」

「接著，我要告訴妳一個好消息。這是一個會讓妳相當震撼的事實。妳現在大致了解十二組Do Re Mi組合了。如果回頭看這張圖，應該會發現不管是哪個音調，**實際上使用到的音就只是整個琴鍵的少數幾個**。」

「咦？啊！確實……但是其他的音也會用到吧？」

「實際並非如此。總之，尤其**在流行樂裡，歌曲中用到的音幾乎都集中在這一區的Do Re Mi Fa Sol La Si Do**。」

「什麼？騙人吧。只用這些音就可以創作曲子，難道不會不夠用嗎？」

「事實上很夠用呢。我們彈〈Country Road〉的旋律來驗證一下吧。這首歌的音調是F調，也就是那張圖的那組F模式。」

「嗯。」

只用Do Re Mi Fa Sol La Si Do就可以彈出〈Country Road〉的全部旋律?真的嗎?……咦、啊、什麼!?哇啊!真的耶!

「真、真的耶!」

「對吧。是不是很神奇。」

「竟然只用這些音呀……」

「不過，**想做出與眾不同的感覺時，有時就會在某一瞬間使用這些音以外的音**，但只是一瞬間而已。〈Country Road〉和絕大部分的歌曲一樣，構成曲子的大部分的音都在Do Re Mi Fa Sol La Si Do這一區裡。」

「真的耶……好大的衝擊……」

「當然，在與流行樂差異很大的曲風類型裡，會有許多例外。但是，以流行樂的樂理來說，先有這樣的認知就夠了。各種例外等到開始創作，真的理解理論書的內容後再學也不遲。」

「嗯。哇……原來如此，真的只要這幾個音就能彈出〈Country Road〉了耶……該說不可思議嗎?還是……」

「僅是幾個音的組合就能創作出無數名曲，想想真的很了不起。但也因為有十二種音調，而每首歌都不同，所以感覺上似乎有很多種變化。」

「……我原本一直在想這些黑鍵到底是什麼用途？原來當『Do』的起始位置不在C時，就會用到它來彈奏出Do Re Mi Fa Sol La Si Do。」

「那樣解釋大致上就是正解了。黑鍵是配合需要而存在。」

「原來如此。只是小珠……我還有一個疑惑。」

「嗯？什麼？」

「我已經明白Do Re Mi的起始音可能是白鍵或黑鍵，一共有十二種組合。但是，如果會變成這麼複雜的話，都用C做為起始音不可以嗎？這樣就只要用白鍵彈奏即可。為什麼要特地選擇起始音在奇怪位置的音調呢？」

「……」

呃，小珠沉默了……我是不是問了奇怪的問題？

「嗯。對於算是很了解音樂的我來說，還真的沒有想過這個問題呢。的確，如果都用C調寫歌，應該很簡單又方便吧。」

「對吧！絕對比較好懂！」

「但從十二個不同琴鍵位置開始的十二種調卻是相當普遍。這背後一定有其道理。」

「……我想也是。」

「比方說，彩葉現在想買和服。」

「咦，我何時說過？」

「打比方啦，快點。妳打算買哪個顏色呢？」

「暖色系比較好。嗯……比橘色更淡一點的……枇杷色吧！」

「喂、選了一個很冷僻的顏色耶。」

「有嗎？枇杷色很好看啊。」

「可真講究。」

「那當然。」

「道理就跟妳問的問題一樣。只要**把這十二個調想成『十二種顏色的搭配』**。」

「……？怎麼說？」

「其實音調有很明確的『顏色』唷。不過，聽覺印象會因人而異，**當音調改變時，聽覺印象也會明顯不同**。這種差異與顏色搭配很相似。」

「是嗎？」

「聽了就會明白……」

小珠話才剛說完，就馬上在〈Country Road〉的音樂檔案做了一點調整，然後播放出來。

「妳聽。」

「咦……這是？好像整體的音高都低了一點？」

「嗯。全部一起調低了。這樣一來，這首曲子的音調就從F色變成E色。聽起來跟原本色彩的印象一樣嗎？」

「不……似乎……相當不一樣的感覺呢。」

「用顏色打比方的話，妳覺得是什麼顏色？」

「用顏色？」

聽小珠這樣說……確實，歌曲氛圍帶有某種色彩感。原本是偏紅的粉紅色，降低後的版本是……米色？

「順便說我的感覺，原本是水藍色，降成E調就變成紅色。」

「我的話嘛……原本是偏紅的粉紅色，降調後就變成米色吧。」

「嗯，就是這種感覺。人們對音調的色彩感受各有不同，雖然不一定很明顯。」

「真不可思議。」

「**作曲家通常會以想要的形象來選擇用哪個音調**，音調可以使歌曲形象帶有藍色感或灰色感，又或是粉色感。如果所有的曲子都統一成C調，妳覺得會怎樣呢？」

「嗯。色調單一很無趣吧。」

「對，所以音調有十二種顏色，就像彩色鉛筆一樣。在琴鍵的配位上雖然有點麻煩，但使用C調以外的音調來作曲的歌相當多。或許作曲家就是有一種堅持，無論如何都想使用這種顏色的音調。跟剛才彩葉說不要橘色，堅持要枇杷色的情況一樣啊。」

「真的耶。」

「除此之外還有其他的考量，比如說配合主唱可以駕馭的音高，或是依據樂器的演奏方式選擇比較容易彈的音調等。總之，我們先不用管這些，只要記住音調的印象是依照琴鍵的數量，白鍵和黑鍵加起來共有十二種色彩。」

「好。總覺得好不可思議。只是改變音高，整體印象竟有如此大的變化呢。」

「再追究下去，都可以寫成一本書了。這可是探討音樂奧祕等級的問題呢。」

＊～＊～＊～＊～＊～＊～＊

「就曲子來說，有一個稱為『音調』的核心概念。剛說了它有十二種顏色，那麼世上的曲子都是什麼音調呢？接下來我會教妳音調判斷的方法。」

「音調判斷？」

「就是查出歌曲使用十二種音調顏色中的哪一種。」

「喔！聽起來頗具技術性。」

「學會以後就可以很臭屁講出哪首曲子是什麼音調。」

「哈哈！」

「很厲害吧！那麼我們就開始吧。彩葉知道〈Country Road〉是哪一個音調嗎？」

「咦、呃……」

哇，忽然問這麼高難度的問題！……不過剛剛好像有彈過……是什麼音調了呢？

「不要想得太複雜喔。只要『彈彈看就會知道』是什麼音調。」

「是嗎？」

「彈出來聽聽看就會知道。妳看，只有一個地方用到黑鍵對吧？」

「嗯。……對了，剛剛的圖！」

「沒錯，對照那張圖，馬上就能知道是什麼音調。」

「F調？」

「正解！」

「喔──」

「再跟妳說一件更有趣的事。妳把曲子播放出來，然後一邊隨意彈F調上的音，也就是『那張圖上F調的那幾個琴鍵』。隨便彈沒關係。」

「呃，隨意嗎？」

「對。」

我照小珠說的，用F調裡的音隨意彈。然後……

「嗯？很意外，隨意彈聽起來還不錯……似乎不會出錯的感覺？」

「曲子呢，是用音調裡面那幾個音組合。反過來說，只要是彈這個音調中的音大致上不會有錯。」

「喔──震驚！」

「是不是忽然覺得自己很像音樂人！」

「對！原本完全不會彈琴，現在竟然會彈一點了呢！」

「好玩嗎？妳可以用自己喜歡的歌曲來練習，用即興的感覺隨意彈，光是這樣就很有趣！」

「嗯。」

＊～＊～＊～＊～＊～＊～＊

「現在我們知道曲子有一個核心概念叫做**音調**，它在某種程度上**決定了能使用什麼音**，反之，**只要用這些音大致上不會有問題**。這其中的道理可以懂嗎？」

「嗯。大致了解。」

「大致就可以了。**音樂世界裡沒有非得這樣做不可的規則**，所以抱持一種大而化之的寬容態度就好。當偶然發現『這不是這個音調裡的音耶？』時，也要以『啊，也有這種手法啊』的心態來看待。」

「好。但是有點好奇會是什麼狀況……」

「會好奇很正常。那我再進一步說明吧。實際上當然有『出現了不包括在音調裡的音』的情況。不知道彩葉是否能夠理解，總之我先解釋一下這種音代表的意義。」

「嗯。」

「只使用音調裡的音來寫旋律就不會出錯，而且寫出來的旋律帶有優美感。就像剛才隨意彈那樣，聽起來很協調。但是，這麼做也會有問題。妳覺得會是什麼問題呢？」

「咦？」

嗯……剛才不是說不會有錯嗎？還會有什麼問題呢？

「啊！」

「妳覺得是什麼問題呢？」

「那個……我不知道對不對……是不是會變得很老套？」

「嗯，可以這麼說。但我要換一種說法，妳回想一下第二天說過的話。」

「第二天？」

小珠第二天說了什麼呢……爆米花的話題嗎？呃……

「因為犯錯才變得有趣。」

「啊！我想起來了！」

「我有說過吧！」

的確有舉例喜劇怎麼做才好笑……

「使用不在音調裡的音，從某種角度來看就意味著『犯錯』。那個音就成了曲子裡的『凸槌元素』，也是曲子的有趣之處。」

「原來如此。」

「不管是故事或歌曲，都因為有『凸槌元素』或『事件』才會變得有趣。若只是描述日常生活作息就顯得一點戲劇性也沒有。在日常中，突然發生的事件，才能推動故事的發展。」

「嗯……也就是說，為了製造事件可以盡量把錯的音加進曲子嗎？」

「需要節制。一個亮點會讓曲子為之一亮，不過兩個、三個亮點也不是不可以。但一開始一個亮點就足夠了。一個突發事件就好。」

「嗯。」

「事件是指……不在音調裡的音，它的出現就是歌曲的亮點。一個或兩個都可以，取決於個人喜好。」

「嗯，簡單明瞭！」

「但是，還是有必須遵守的規則。」

「喔？」

「錯的音若只是簡單地加進去，結果也只是錯誤的音而已。」

「啊……不能嗎？」

「也不是不能，太大膽了。事件呢，**不能只有發生，也要有解決方法**，它們必須為一體。比如說，事件發生在旋律上，由和弦或貝斯做出『解決事件』的動作，最後迎接快樂大結局！」

「原來如此，說起來事件本身的確是只負責發生問題呢。」

「不在音調裡的事件音可能引發各種問題。從自己喜歡的歌曲尋找具體例子是比較快的方法。」

「嗯……但是要改變和弦或貝斯的話，該怎麼做比較好呢？」

「那個嘛……」

「那個是？」

「視情況而定。試試看各種方式，使用最好聽的版本就可以了。」

「嗯。」

來到這個階段竟然是憑感覺……

「關於那部分就下次說吧。今天講很多東西了。」

「嗯，呼——我的腦袋快要炸開了……」

「『音調』就到此結束了。」

「咦，結束了？」

「對。這樣一來彩葉一定要學會的技術與樂理都講完了。剩下就是應用它們來實際做出一首曲子。」

「喔、喔……」

到現在還覺得很不踏實……真的嗎？

「第二道關卡也成功突破了，恭喜妳！」

「謝、謝謝……不過，好像比聽音記譜簡單多了耶。」

「若覺得不踏實，就把那張圖上的每一個調練習彈奏幾遍，只做這件事就能讓妳更深刻地理解這些概念。」

「咦？彈奏那張圖會有幫助？」

「當然有。在不看圖的情況下，若能彈出所有組合的話就很棒了。就像訓練手指肌肉一樣，不要想太多，彈就對了。當手感變好之後，就能憑感覺來創作。」

「喔。」

＊～＊～＊～＊～＊～＊～＊

呼——今天似乎用腦過度。曲子有其音調，可以使用的音由音調決定。**旋律中出現不在音調裡的音，這個音就是事件音**，就是這首曲子的亮點。啊啊……腦容量超載了。

今天講的雖不是很容易理解，但是……

「好像差不多可以開始作曲了吧！」

雖然是一條漫長的路，但總算有作曲的感覺了。明天似乎會講更深入的東西，就快要看到終點了吧！

今天就到此結束！

專欄

各音調裡的基本和弦

這裡介紹由三個和音所組成的基本和弦

每個音調中都有七個基本的和弦。「m」讀作minor，名稱裡有這個標示的和弦，聽起來會有少許悲傷感。請一邊彈奏這七個和弦，找出適合的組合，試著創造一些和聲（建議至少使用三個）。

key							
C	C	Dm	Em	F	G	Am	Bm(♭5)
D	D	Em	F#m	G	A	Bm	C#m(♭5)
E	E	F#m	G#m	A	B	C#m	D#m(♭5)
F	F	Gm	Am	B♭	C	Dm	Em(♭5)
G	G	Am	Bm	C	D	Em	F#m(♭5)
A	A	Bm	C#m	D	E	F#m	G#m(♭5)
B	B	C#m	D#m	E	F#	G#m	A#m(♭5)

第10天

旋律線與結構

今天是作曲課的第十天。日期顯示十二月三十一日，今晚是跨年夜。我騎著自行車在寒冷的街道上，往小珠家的方向前進。

小珠說我已經跨越最困難的兩個關卡。雖然還沒有任何感受，但我好像已經學了許多東西？

「早安啊，彩葉。」

「早安，小珠。」

進到熟悉的房間，感覺一切一如往常。不知道從什麼時候開始，小珠不再令我有距離感了。班上同學好像都覺得她很難親近，但我甚至忘記是什麼原因了。

「今晚有跨年活動，今天不上課也行喔!?」

「嗯。啊，沒關係。但明天跟後天呢？」

「因為明天是元旦，我會去爺爺家，後天也可能會去外公家。」

「新年期間家裡應該都有活動，不然元旦到三號這三天就休息吧？」

「好，今天上完課就先告一個段落。」

「嗯。」

「今天也請多指教。」

「嗯，我們再努力一下吧。」

「上次說今天要講什麼東西？」

「要教妳『**旋律創作法**』跟『**曲子結構**』，還有一堂是聽音記譜與音調概念的應用技巧。全部講完之後，妳要完成一首創作曲就可以結業了。」

這樣到底是還剩一點，或是離終點還很遠，我都被搞糊塗了。不過，看來總算更接近目標了。

「我今天要講『旋律創作法』和『曲子結構』。」

「好。請多指教♪」

「創作旋律……從這裡開始就進入作曲領域了。」

「嗯，終於進入了。」

「好，來寫優美的旋律吧！」

「嗯！我會加油！」

「……」

「……那麼，該怎麼開始呢？」

「來吧！盡情創作妳喜歡的旋律！」

「呃？」

「嗯？」

「不是、那個……嗯。那個……『Mi—♪』……『Do—Mi—♪』……」

「……」

「是說……小珠啊……」

「……」

「……那個……」

「嗯。我早就料到會這樣！」

「是、是吧！啊，嚇死我了，我真的以為接下來要靠自己了耶。」

呼——小珠偶爾會顯露出天然呆的樣子，這種場面總讓我很不安……

「說到創作旋律，如果很簡單，就不用那麼辛苦了。」

「對啊。」

「就算教妳再多的樂理或音樂性概念，**最終還是必須靠個人的音樂品味。**所以會說創造好的旋律並不容易。」

「嗯，我深感認同。」

「所以我會教妳適合初學者的獨門技巧！」

「哇！我等這個等了好久，是什麼技巧呢？」

「當然啦。這十天講了這麼多也不是白忙。彩葉，妳過來。」

「好。」

小珠將作曲軟體打開。畫面跳出很熟悉的音樂檔案。就是我練習聽音記譜的那首〈Country Road〉。

「彩葉，先把這個旋律都刪掉。」

「什麼？」

「**刪除旋律。變成像卡拉ＯＫ**那種的背景音樂。」

「喔……嗯。」

我照著小珠說的做了。但其實很不想刪除。我花了很多心思才完成聽音記譜耶。

「刪除之後，就播放出來聽聽看。」

「好。」

於是我按下播放鍵。果然聽起來就像卡拉ＯＫ，沒有旋律的曲子。

「……啊、小珠，我懂了。」

「妳發現了對嗎？沒錯，就是……」

「**在背景音樂裡，加上原創的旋律。**」

「就是那樣！」

原來如此……這樣的話，我或許可以……不過……

「小珠，這個方法……怎麼說呢……感覺不是很光明正大？有抄襲嫌疑？」

「笨蛋!!」

「哎呀！」

小珠不知道從哪裡拿出一把白色摺扇，『啪！』地一聲打了我的頭！

「哪、哪裡來的扇子!?」

「聽好了！什麼抄襲、剽竊之類的事，等妳成為獨當一面的作曲家再擔心也不遲。」

啊，原來不用管那些事呀。

「呃、那個……嗯。」

「無論哪種創作都一樣。在成為職業漫畫家之前，必然經歷模仿漫畫家的繪圖功力。從描圖到臨摹筆觸，直到不用看圖也能畫為止，最後才能自由地掌控畫筆。一股腦地投入模仿他人的作品，相信每個人都有這樣的過程，唯有如此才能成為獨當一面的專家。音樂也不例外。就**從喜歡的音樂開始模仿吧！透過分析、反覆練習，讓身體自然而然記住，就能慢慢自己創作了**。完全不需要擔心抄襲等的問題。再說也不會給別人聽，只是練習而已。若這樣想，心情上也比較不會有負擔。」

「好像是喔。」

「這種**卡拉ＯＫ式的旋律創作法，很像是裝了輔助輪的自行車**。首先，在貝斯與和聲的引導下完成曲子。然後習慣了旋律的創作方法以後，再把輔助輪拆卸下來，連貝斯與和聲都自己編排。到那種程度之後就代表妳已經會作曲了。」

「嗯。」

原本以為之前完成的聽音記譜只是練習而已，沒想到還可以這樣使用……小珠想得真遠……

「明白用意了的話，就來給這首卡拉ＯＫ版的〈Country Road〉配上旋律吧。寫出來的可能跟原曲很相似，但沒關係！」

「嗯，我試試看。」

於是我再次播放卡拉ＯＫ版的〈Country Road〉。腦海中不停響起的原曲旋律，彷彿正向我宣示它的存在感，我只有更加努力抹除它，盡量想不同的旋律。

「比如說這種感覺……」

然後我試著在作曲軟體裡輸入旋律。雖然聽起來已不是〈Country Road〉，但有點像盜版貨。

「很好。就照這個步調繼續完成它吧。其實模仿品的感覺也不錯。」

「嗯。」

總覺得被說是模仿，心情就好不起來……雖說是事實啦。

「這首曲子是Ｆ調，所以Ｆ調裡的音大概都可以使用。」

「好。」

這之後我大約花費了一個小時，幫〈Country Road〉配上新的旋律。沒費什麼心力寫出來了。但是……

「還是原曲的旋律最合適……」

「那是當然啊。因為原曲的和聲、貝斯及節奏，全部都是為原旋律打造。現在就像是把某人的訂做禮服，給另一個人穿一樣，要完全合身幾乎是不可能。不過，試著寫出旋律以後是不是有一點作曲感了？」

「嗯。稍微能體會到創作的感覺。……是說，我能不能換掉這個貝斯的音呀？」

「喔！已經有自己的想法了嗎？很好呀。慢慢愈有模樣了。嘗試之後就會發現怎麼寫都無法融入原曲的伴奏。若想要達到聽起來舒適的狀態，就必須調整貝斯與和聲。彩葉要不要調整貝斯看看？看妳能不能調整成恰到好處。」

「好……我試試。」

我繼續完成旋律重編的〈Country Road〉。然而，當我寫旋律時想的卻是「這個貝斯的部分若這樣可能會更好，如此一來旋律也會比較好聽」。說真的，若把貝斯移到舒適的音高位置也可以的話，或許會更好！

「……怎麼會變這樣？」

「怎麼了？彩葉。」

「那個……我把貝斯做了更動，但變成很奇怪的音了。」

不知為何變得很奇怪，不是很和諧。這是為什麼呢？

「嗯。因為鋼琴彈的和聲（和音）沒有改變呀。只改貝斯可不行喔。和聲沒有跟著調整的話，那個新的貝斯音也不會好聽。」

「什麼!?」

哇——好複雜。原來不能只改貝斯，和聲也要一起改才行。但我實在不知道該怎麼做耶。

「還、還是貝斯維持剛剛的音可能好一點？」

「啊哈哈哈！不用緊張啦。今天的目標只要完成重編〈Country Road〉的旋律。一步一步來吧，妳一定能完成一首曲子。」

「嗯。我剛才有點得意忘形了……」

＊～＊～＊～＊～＊～＊

「實際做過重編〈Country Road〉的旋律之後，妳應該多少有體會到作曲的感覺了吧。」

「嗯。」

「在**有歌詞的歌曲中，通常有一些類似約定俗成的格式。**一種形式上的美。」

「喔？」

「例如**A段旋律↓B段旋律↓C段副歌……**」

「啊！在綜藝節目的益智問答遊戲裡面似乎有看過……」

「沒錯。**有歌詞的歌曲在某種程度上，其實有固定的歌曲結構**。」

「是喔。」

「以〈Country Road〉來說，結構上要比一般流行樂簡單一些。A段旋律之後馬上接到C段副歌。或者稱為B段副歌也可以，稱呼隨個人喜好。」

「嗯。」

「彩葉有沒有其他喜歡的歌曲？什麼歌都可以。」

「這個嘛，《未來預想圖Ⅱ》呢？」

「哇，看來有在聽歌喔。」

「我媽很喜歡DREAMS COME TRUE，車上經常放他們的歌。」

「這樣啊，這首歌正好就是最基本的A段旋律B段旋律C段副歌的形式。我來播音樂。」

語畢，小珠很快地從音樂庫裡找到這首歌，然後播放出來。

「……哇嗚，超級棒的歌。」

「嗯。作曲人很厲害對吧？」

「對呀。超強。既流行又有戲劇感。受到不同世代喜愛的歌曲確實與眾不同。」

「再聽一次吧！」

「絕對要再聽一次！」

哪天我也能做出那種等級的歌曲呢。

「……哎呀，不小心岔題了。不過現在對歌曲結構是不是稍微有點概念了？」

「嗯。就是指旋律的氛圍，或者說是歌曲的感覺轉換成不同場景，對吧？」

「沒錯。從**平靜的開頭**展開鋪成，**副歌前**逐漸**推向高潮**，然後在**副歌**中**放聲高唱**。一首好歌就是靠這種**巧妙安排**來**勾起聽眾的情感**。暫且不管細節的處理方式，先把這種明確的分段方法好好記在心裡。」

「嗯。以前多少知道一點，現在聽妳說明就覺得很有道理。」

「那今天的課就到這裡結束。」

「就這樣嗎？」

「對，接下來有一個比較大的挑戰，所以今天先到這裡為止。」

「啊、對了，給妳一個回家作業。利用三天放假時間，把昨天教妳的十二個音調，全部彈奏一遍。每天一遍就可以了。」

「咦？好。一遍就好了嗎？」

「對。但是每天都要認真彈唷。」
「知道了。我會認真。」
「好。也要撥時間自己摸索喔。」
「自己摸索？」
「嗯，如果有時間的話……」
「好。明年也要麻煩妳多多指教，小珠♪」

～～*～*～*～*～*

我們互道「新年快樂」，結束了今年最後一次上課。在回家的路上，我回顧今天學到的東西。重編的〈Country Road〉旋律，雖然很遜，但總算是寫出來了。感覺自己前進了一小步。就像小珠說的，雖然還需要輔助輪，但我已經騎上自行車了。

騎在日頭落下後的冬日街道上，我繼續想著音樂的事情，如果我也能如自由駕馭這輛自行車一樣創作音樂的話，肯定會很有趣吧。

今天就到這裡結束！

抄襲檢查

第11天

給小珠驚喜大作戰

新的一年開始。前兩天，我與親朋好友、家人度過了愉快的傳統新年。今天是一月三日。小珠的課從明天開始，但在那之前，我還有一些想做的事情。

「啟動給小珠驚喜大作戰計畫！」

小珠交待的作業是每天彈一遍十二個音調。我很快就完成了，而且經過兩天的充分休息，也恢復精力了。她還說：「也要撥時間自己摸索」，所以我決定跟它拚了，一定要讓小珠跌破眼鏡。我打算靠自己的力量創作一首曲子。到時候上課時給她驚喜。剛剛也給小珠傳了訊息，跟她說：「我正在做一件她可能會嚇一跳的事情」。於是，我現在正坐在書桌前，打開作曲軟體。

「那、麼、就……開始吧！」

小珠說過後面的課會講到如何應用，作曲必備的知識與技術已經都教完了。也就是說，接下來能不能完成曲子就要看我練習的成果了。

「來吧……」

「……」

那個……嗯？

「……該怎麼開始呢？」

咦？那個……啊對了！

「沒錯，先想旋律。」

既然是原創曲，就不能用〈Country Road〉來改了。必須自己想旋律。那個……

「哼嗯哼哼—嗯、哼哼嗯……哼嗯哼……嗯——……」

唔唔——果然不是那麼簡單就能寫出好旋律呢。

於是過了二十分鐘。

「啊！這、這裡……就這樣吧！」

有了！簡直是神來一筆！我寫出來了！嗚哇啊啊啊！這麼好的事竟然會發生在我身上！說不定會成為名曲!?

「糟、糟糕……不快點記下來不行……！」

我突然想到一個很棒的旋律，就趕緊輸入到作曲軟體裡。幸好之前練習過聽音記譜，也已經學會操作作曲軟體，所以輸入旋律時意外地很順利。

「太好了！我好棒！」

我把剛剛輸入到電腦的單音旋律播放出來。雖然只有副歌部分，但已經相當不錯。連我自己都很驚訝。老實說，我一直覺得自己很平凡，沒想到我也能寫出這樣的旋律……

「看來是多日的練習發揮效果了。」

不妙，我好像有點興奮過頭。既然有了一個很棒的副歌，那就繼續加油吧！接下來是……

「咦，接下來該做什麼了呢？接下來……」

……那個，接著應該是……配上和聲吧？不對，現在只有副歌，還要想A和B段旋律才行。

對了，從結構上來說……A段旋律呢……

「明明有一段很棒的副歌，卻不知道怎麼寫A和B段……完蛋了，只怪副歌太好了……」

好苦惱啊。但很想用這個副歌，把曲子完成呢。

「小珠在這種時候會怎麼做呢……啊！」

就在我喃喃自語時，忽然靈光乍現。若是小珠一定是……

「嗯，吃零食吧！」

我轉身走到廚房，從點心盒裡拿了餅乾、巧克力和洋芋片，又從冰箱裡拿柳橙汁。

「呵呵呵……小珠一定會這樣做。」

然後我吃起餅乾。其實並不是因為小珠或其他什麼原因，坦白說只是突然想吃東西而已。但總覺得很像小珠會做的事，甚至我也覺得還不錯。餅乾真好吃。

我大口大口地吃著零食。然後打開影音網站，觀賞搞笑影片。

「哎呀，糟糕！」

一回神不知不覺已經過了一個小時……

「……充飽電了！可以繼續想點子了！」

是不是太隨興了……不過我很享受。現在該努力了。我邊哼歌，邊打開作曲軟體，繼續想……

……但是……

「怎、怎麼會!?」

我再次播放剛才寫的旋律。突然覺得好像也不是很厲害，簡單的單音，短短的副歌旋律。不過，總覺得……

「剛才有這種感覺嗎？」

好奇怪。剛才應該不是這樣子吧。好像是更……怎麼說呢，更感傷、更有氣勢一點啊，咦？

「是同樣的旋律沒錯吧？奇怪了，不應該是這樣啊。」

但仔細回想確實是這個旋律。不，應該說根本不可能變化。這個旋律毫無疑問就是剛才我寫的那段，但不知為何它就像是完全不同的東西。

「……咦，這個旋律好像有點俗氣？」

就在短短一個小時前，這段旋律還閃閃發光，但現在聽起來卻相當普通又老掉牙……甚至有點俗氣。原本打算做為副歌，我看是不太行了？

「……為、為什麼呢？」

在這一小時裡到底發生了什麼事？是什麼讓我的感受有這麼大的落差!?為什麼？……剛剛的旋律跑到哪裡去了？

「這是怎麼一回事呢……」

實在很納悶。愈來愈覺得俗不可耐。這個旋律行不通。可是，我明明有感受到名曲氛圍啊。

「……算了，重新來過吧。」

會不會中途就不該休息吃點心？如果那時候不休息繼續寫下去的話，也許就不會突然覺得……不對，這也難說。現在想想還是覺得奇怪。

「呃……想不出好的……」

呃……嗯……

＊～＊～＊～＊～＊～＊～＊

「我可能沒有這方面的才華……」

從那之後又過了兩個小時，我一直很苦惱。當然，什麼進展也沒有。自從一開始出現靈光乍現（？）之後，我的靈感就持續處於閉塞狀態。

「……這種時候，該怎麼辦呢？」

到目前為止已經受到小珠許多指導，但一個人做時就感覺自己什麼都不會了。啊，原來如此……或許我只是誤以為自己懂了。因為小珠很擅長說明，所以我可以很快理解，但實際上一知半解。是我沒有真的理解嗎？不對，我想應該不是……

我不知所措地望著房間的天花板。這十天以來學到不少東西，但可能都沒有真的理解吧？

「對了！」

我靈機一動，想到也許現在正是閱讀樂理書的時機。十天前不明白的事情，現在搞不好就懂了？

「好耶！」

於是我再度打開《連猴子都能學會作曲》這本書。

「咦，這是……喔，**哼哼唱唱作曲法**耶。原來如此。」

……我剛就是用這種方法，不過哼不出好的旋律呢。

「還有『大量聆聽好的歌曲，讓大腦記住……』」

要大量聆聽好歌。但所謂好歌的定義是？我喜歡的歌曲就算好歌嗎？

先跳過這個方法，下一頁……

「還有什麼呢？『試著創造一個樂句』……」

就是寫不出來才會這麼苦惱啊！

「等等，『選擇音階』……音階？」

……什麼意思呢。什麼是音階？

「『基本和弦進行T・D・SD』……」

……To─Kyo─Disney？不可能是這個的縮寫吧。到底是什麼呢？主和弦、屬和弦、還有下屬和弦，第一次聽到耶。

……

「猴子怎麼可能懂啦！」

我邊喊叫，把書往床上扔，也順勢把自己拋到床上。然後抱著枕頭滾來滾去。

「呃啊──怎麼辦？」

我真的走投無路了，這十天的努力都白費了，為何會變這樣？不是有些長進了嗎？這段時間學會聽音記譜，也略懂一點貝斯與和聲。早知如此，應該多學一點其他東西。

「呃啊——加油啊！彩葉。不是要給小珠驚喜嗎？」

要更加努力動腦才行。我懂、我都懂……接下來就看個人的本領了。

「絕對不能輸！」

我再一次打開《連猴子都能學會作曲》這本書。從哪部分開始讀比較好呢……貝斯的編排方法？喔，貝斯！需要加上貝斯。聽音記譜時就是先處理旋律，緊接著就是貝斯。這樣曲子就能成形了吧？」

我明白了。剛剛**旋律之所以失去光彩，是因為還沒加入貝斯。**既然知道原因，那就是我發揮實力的時候了。

「沒錯，旋律要有貝斯相襯才會好聽。好險有發現，差點就想放棄了！」

於是，我再次聆聽這段跌落神壇的旋律。嗯，沒錯，果然是如此。我在寫這段旋律的時候，腦海中大致上已經有貝斯音了。原來，**只要有了貝斯，這段旋律就能重拾閃耀的光輝，復活吧！名曲！**

「搭配旋律的貝斯，我心中早已有譜。」

我憑著想像中的樣子加入貝斯。但是，做到一半又停了下來。

「不對……這個不對。應該是這個，但又好像不是這樣……」

我想像中的貝斯就是這種感覺，但配上旋律之後反而變庸俗了。這樣根本不能給別人聽。從我的腦袋竟然能生出這麼俗氣的東西，讓我倒抽了一口氣。

「……這個真的不行。……呃……那該怎麼辦呢？」

唉……束手無策了。怎麼辦……給小珠驚喜大作戰完全破綻百出。她聽到應該會大吃一驚，但不是我期望中的反應……

「真是太失敗了……果然一個人很難做到……乾脆吃一點年糕吧。」

吃著淋上醬油的烤年糕，然後我默默地關掉電腦。

今天就到這裡結束。唉，怎麼辦？我已經傳訊息給小珠了……

珠美的 提醒

天才高中生的書單

這個專欄會介紹幾本廣受專業作曲家好評，許多音樂書籍都無法與之匹敵的名作。

○伊福部昭《音楽入門》(直譯：音樂入門)(全音樂譜出版社)
是一本在創作音樂之前，最好要閱讀的書。書中探討了音樂的本質，具備「商業」、「藝術」及「同人」都適用的普世價值。

○藤巻浩《聴くだけ楽典入門～藤巻メソッド～》(直譯：用聽的樂理入門～藤巻教學法～)(YAMAHA MUSIC MEDIA CORPORATION)
有關音樂基礎規則的樂理書，講解清晰易懂，兼具幽默感。一邊聆聽音樂檔案增進理解力，就能牢固地掌握正確的樂理知識。

○馬克・列文(Mark Levine)《The Jazz Theory Book》(直譯：爵士樂理論寶典)(ATN Corporation)
乍看之下是講述爵士理論，但實際上是一本「即興演奏必備的音樂結構」書。雖然價格昂貴，但它能夠讓你深入了解音樂理論的整體架構。我拜讀這本書之後，對樂理有了更深一層的了解，甚至是讀過這本書，不看其他書也無所謂。

○日本作編曲家協會《編曲の本》(直譯：編曲之書)(YAMAHA MUSIC MEDIA CORPORATION)
由幾位資深編曲家傳授「個人絕技」的實戰技巧書。雖然價格昂貴，但絕不會後悔購買！

○藤子・F・不二雄《藤子・F・不二雄のまんが技法》(直譯：藤子・F・不二雄的漫畫技法)(小學館)
本書講述漫畫的製作方法。乍看之下似乎與音樂無關，但書中每一頁滿載了創作上至關緊要的東西。可說是一本無可替代的名作。

最懂小珠的彩葉（上集）

第12天

風格重組

「哇，嚇我一跳。這頂帽子也是妳自己做的嗎？」

「嗯。」

一月四日。新年的頭三天已經過了，但小珠今天才去新年參拜。現在我們在小珠家，上新年第一堂課。

「說要給我驚喜原來是這個啊！真的是一擊必殺耶。彩葉太厲害了。」

「……唔，嗯。」

……昨天臨時決定變更計畫，改成獅子舞……原本打算寫一首曲子給她驚喜……

「我還以為一定是跟作曲有關的驚喜呢。真是意想不到。」

「啊、啊……對耶，我怎麼沒有想到呢！」

……成功糊弄過去了！這樣也好。

「新年第一堂課開始了喔。不過為期十四天的課也即將接近尾聲了。」

「嗯。今年也請多指教。」

「順便問一下，彩葉有自己摸索看看嗎？」

「呃……」

「呃？」

怎麼辦！該說什麼好呢……

「沒有嗎？」

「不是，那個……不是沒有……」

「喔喔，有嗎？很好呀。有獲得什麼心得嗎？」

「啊，那個……就是……」

小珠一直盯著我看。啊，快受不了了，還是照實說吧。

「其實我……有嘗試寫啦，但連我自己都覺得不堪入耳。」

「喔喔！妳開始寫了啊！」

「嗯。」

「讓我聽聽看！彩葉的表現超乎我預期呢！」

「……我就知道妳會這麼說，所以我才不想講出來……」

「咦？為什麼？」

「因為很難聽嘛。」

「難聽很正常啊。沒關係。我想就算是大作曲家約翰‧威廉斯（John Towner Williams）第一次寫出來的曲子，大概也很奇怪吧。應該……」

「唉……」

不行啦……不想讓妳聽耶。

「……嗯，好啦，如果妳真的不想讓我聽，那就算了。」

「謝謝。」

太好了，小珠讓步了。

「不過，妳已經很棒了，勇於嘗試作曲，真的非常棒。」

「但失敗了……」

「無所謂。**透過思考，煩惱，幾經犯錯，最終得到的答案才會令人深刻難忘。**」

「好像是這樣。之前我只是被動從小珠那裡聽到答案，但現在真的很想跟妳學更多東西。」

「對吧。**愈是苦惱愈是想知道答案，而且也絕不會忘記得到的答案。**我原本就在想妳是不是會這樣做，很高興妳真的嘗試作曲了。本來打算在課堂上讓妳自己練習作曲，結果妳主動做了，真是太棒了。」

「啊……嗯……」

咦，感覺小珠心情特別好。難道我嘗試作曲是一件讓人那麼驚訝的事嗎？

「我想今天要教的東西，一定會讓彩葉留下深刻的印象。」

「真的嗎？」

～～*～*～*～*～*

「我自己覺得旋律寫得很不錯。雖然有一種似曾相識的感覺，但……嗯，總之很棒。」

「問題就出在這裡。作曲不能只有旋律，還需要貝斯與和聲。但是，彩葉原本覺得很好的旋律，在加入貝斯之後就變得『好像哪裡不對勁了』，是吧？」

「對，沒錯。」

我把昨天嘗試作曲的所有過程都向小珠說明。小珠一副深感理解的表情，不停點頭表示她明白。

「……其實這是初學者經常遇到的難題。一般都會先想到樂理書，然後花很長時間閱讀，卻還是苦惱。」

「從樂理書找答案不會比較快嗎？」

「不會。大多數人看了還是找不到答案。從書找到答案的人大概都是天資聰慧。要解決『加入貝斯後變得奇怪』的問題，需要的不是樂理書，而是要**轉換思考**。」

小珠的眼神看起來比平時更加閃亮。好像很開心？

「如何編排貝斯與和聲……應該是整個課程中最高難度的部分。」

「高難度？」

「雖然說不上看過世上所有的樂理書，不過我的這個方法可是獨門祕技。這裡正是學會作曲的關鍵所在。就『完成一首曲子』的目標來說，這既是最困難也是最難教的部分。」

小珠壓抑著難掩興奮的情緒，繼續說道。

「基本上，完全沒有音樂經驗的人根本不可能在短短兩週內完成一首曲子。尤其是貝斯及和聲的部分，必須有一點和聲學的基礎，還要有一定的音感和熟悉程度。用再多的數據解釋，最終還是必須透過感覺來理解，這需要花費時間。在學習過程中，也無從知道自己做的正不正確，只能在黑暗中摸索前進。」

「嗯……挑戰十四天作曲本來就很不切實際，對吧？」

「但這也是給我自己的挑戰。其實，我昨晚已經親自確認過一些事。就是想知道『這種方法是否能做出曲子』？」

「這種方法……難道是……很、很難做到的方法？」

「非常簡單。就用『聽音記譜』和『音調』的概念來作曲。我在想能不能不用理會樂理書上寫的規則，只依循這兩點來作曲？」

「太、太厲害了……」

「那麼彩葉白老鼠……妳準備好了嗎？」

「怎麼變成動物試驗了！」

接著，小珠先讓我站起來，自己則坐在鋼琴椅上。

「我們先梳理一下目前的情況……彩葉現在大概可以寫出不錯的旋律，但加上貝斯或伴奏和聲之後，不管怎麼編排，聽起來就是很奇怪，對吧？」

「嗯。變得很俗氣。」

「順便問一下，彩葉希望這首曲子變成什麼風格呢？可以舉一首曲名嗎？」

「咦？這個嘛……我想寫一首有歌詞的曲子，舉例來說，可能是〈My Neighbor Totoro〉（となりのトトロ）吧。」

「龍貓的主題曲？」

「對。」

「妳喜歡吉卜力動畫？」

「嗯，非常喜歡。」

「原來如此。**清楚知道自己喜歡什麼也很重要**。嗯，有一個明確的完成形象很棒。」

「只是我很茫然……即使腦中有一個構想了，但寫出來的旋律就是無法表現出那種感覺……」

「雖然有點太過獨斷，但我可以很肯定不管是什麼樣的旋律，都能營造出〈My Neighbor Totoro〉的氛圍。甚至是不用在意旋律的內容。」

「咦？那真的是有點……」

「為了向妳證實真假，就用我現在教妳的祕技——**『風格重組』**吧。」

「風格重組？」

「不是什麼音樂用語啦。只是某個教我編曲的老師這麼稱呼而已。」

!?

「教小珠編曲的老師!?誰呀?」

「我不聰明，但相當有行動力。以前拜訪一位我很喜歡的作曲老師，那時趁機請教了許多事情。原本以為對方不會搭理我，卻意外地受到不少指導。」

啊，這孩子果然有點奇怪。太驚人的行動力……

「所以，『風格重組』就是這次上課的重點。這個真的很厲害喔。當我得知這個技巧時，我的音樂世界就被瞬間拓展開來。說起來，的確是祕技。」

「祕技！聽起來很酷耶！」

「祕技聽起來很酷吧！」

「嗯……好像抄捷徑的感覺!?」

「寫得出來比較重要，過程倒是無所謂。」

「說的也是。」

「讓妳聽一個有趣的東西，給我五分鐘時間。」

語畢，小珠從電腦音樂庫裡選了〈My Neighbor Totoro〉並播放出來。

「我先聽音記譜，等我一下。」

「咦?要聽音記譜?」

話才說完，小珠就開始著手〈My Neighbor Totoro〉的聽音記譜。動作快到……就是高手才有的速度感，太精彩了。……嗯？

「小珠，這個是貝斯？不是旋律吧？」

「對，是貝斯。這樣就可以了。」

小珠邊聽〈My Neighbor Totoro〉的貝斯，邊快速把音記下來。先聽過一遍，第二遍時，她幾乎能同時一音不漏全部記下來。第三遍時，只需微調和做最終檢查，真的短短五分鐘就完成了。

「〈My Neighbor Totoro〉的貝斯順利到手了！」

「順利到手了？」

「接著是下一首，必須是另一首才行。……這首曲子好了。」

小珠邊說邊開始了另一首曲子的聽音記譜。哇！

「阿拉丁的〈A Whole New World〉！」

「嗯。就是迪士尼動畫《阿拉丁》的名曲。我很快就輸入完成，稍等一下喔。」

話一說完，小珠便以簡直要比播放速度快的速度進行〈A Whole New World〉的聽音記譜。

……嗯？

「這首是聽旋律的部分呀？」

「沒錯。」

然後小珠再度展現超光速聽音記譜表演。

「……好了，完成。」

「令人望塵莫及的速度啊……」

換成是我，光是旋律就要花半小時以上。

「……我想妳應該已經猜到我要做什麼了吧？」

「嗯，我大概猜到了，所以真的要這樣嗎？」

只有龍貓的貝斯與阿拉丁的旋律……小珠到底要做什麼……該不會、該不會是……

「該不會要把這兩個結合起來之類的？」

「正是如此。」

「……這樣做可以嗎？」

「這個嘛……真的可以喔。」

太誇張了。雖然不是很了解音樂，但如果真的能夠這樣做，感覺有點荒謬。我以為音樂的結構不會這麼簡單。所以是真的嗎？

「哈哈哈！不要懷疑。我們實際做做看就知道了。為了讓兩個相容成一體，就必須調整曲子的拍速，讓其中一首配合另一首。所以我們以龍貓的拍速為基準，利用作曲軟體，將阿拉丁的聽音記譜演奏檔案複製到龍貓這邊，拍速就會自動調整成跟龍貓一樣的速度。這樣一來，這首歌曲檔案中，就有來自不同歌曲的旋律。聽起來是……」

小珠讓龍貓的貝斯和阿拉丁的旋律同步播放……然後……

「……咦、怎麼會？很奇怪……吧？」

「對，很奇怪。」

果然會變成這樣。我的預測正確。就說嘛，不是那麼簡單。肯定會亂七八糟。阿拉丁的旋律和龍貓的貝斯結合在一起之後，感覺變成一首讓人心神不寧的曲子了。

「這、這樣也算完成嗎？應該不行吧。」

「當然不行。」

「對吧。」

「聽音記譜就到此結束。接下來要做……」

「要做什麼？」

「『音調』調整。」

「音調調整？」

「這首合成的曲子之所以奇怪，是有明確的原因。就只是這一個理由——『音調不同』。也就是說，它們的基準音『Do』的位置各自不同。」

「嗯。我不是很清楚，不過它們應該是不同調，對吧？」

「所以，要把其中一方調整一下。這次以龍貓的音調為基準好了。順便告訴妳，龍貓是F調，阿拉丁是D調。彩葉的回家作業就是彈十二個不同音調的音，所以應該感覺到了吧？阿拉丁這首歌的音比較低，所以把它的旋律全部像這樣往上移三個琴鍵的話……就會變成F調的版本了！」

「什麼!?剛剛好像做了什麼動作？」

「用文字敘述會很複雜，總而言之，就是把旋律這一軌的音高整體提高。」

「原、原來如此。」

「有趣的部分就在這……把F調的龍貓的貝斯，和調高成F調的阿拉丁的旋律，再次同步播放一遍……」

然後小珠按下播放鍵。

「……這、這、這是……」

聽起來居然變成一首相當完整的曲子。確實帶有龍貓的氛圍。但旋律卻是另一首……這是怎麼回事!?

「大吃一驚了吧？明明貝斯與旋律分別來自不同曲子，但聽起來卻意外地很正常吧！」

「這、這樣也行嗎!?」

「當然行。……等等，龍貓與阿拉丁的曲子長度不同，所以還需要稍微調整一下。將阿拉丁的旋律移到龍貓的A段旋律、B段旋律及C段副歌相對應的位置上……嗯，雖然還需要稍微手動調整，不過，這樣是不是更加完美了呢。」

「哇啊——」

太精彩了。簡直聽不出來是合成。把來自不同歌曲的旋律與貝斯結合在一起，這種看似可行又似做不到的技巧，小珠竟然可以這麼輕鬆完成……

「對呀，我就說吧。在『無論如何都要做出曲子』的情況下，若說用這種方法可以創作出層出不窮的歌曲也不為過。當然，實際上應用時，先決條件是**旋律必須原創**才行。我剛是用現成的兩首曲子來示範合成技巧。正好，昨天彩葉不是有寫旋律嗎？不過，旋律以外的部分可以先用這種方法。總之**就是盡量模仿，而且要不斷模仿。最重要的是徹底做好這件事，讓大腦記住什麼是『好的貝斯與旋律』。**」

「……原來如此。我有點訝異，但的確是祕技。」

「對。」

「但我還是疑惑……這樣做沒有抄襲嫌疑嗎？」

我小心翼翼地試探性提問。這確實是相當驚人的事實。貝斯並不是我自己想出來，是不是不太好呢？

「……妳會有那種感覺是好事。」

小珠臉上露出些許笑容繼續說道。

「不會有問題喔，彩葉。因為這種做法最多只會使用三次左右。」

「咦？什麼意思？」

「這取決於個人，有些人可能三次或五次，有些人則可能只用一次。之後就不會想這樣做了。」

「為什麼呢？這麼方便的祕技耶……」

「理由只有一個。當妳有某種程度的體會以後，就會『想要自己創作』了。」

「是喔？」

「實際上，這**就像臨摹名畫**一樣，當妳漸漸知道怎麼畫之後，自然就會想畫自己喜歡的東西。重要的是至少要認真地臨摹一次。這樣一來，妳就會生出想隨心所欲創作的心情了。每個人都會經歷這個過程。所以不用擔心，不太可能會過度依賴這個祕技。」

「嗯、原來如此。」

「一開始說的**風格重組，就是指將其他歌曲的貝斯直接貼上的技巧。**專業人士或多或少都會使用。」

「真的嗎？」

「當然。因為即使是專業人士，也不太可能了解全世界所有的音樂。所以，當接案遇到自己不太了解的音樂類型時，就可能會**使用『風格重組』的技巧，借用其他音樂的氛圍。前提是旋律必須是原創。**這麼一來，就能做出符合委託方要求，同時又是原創的曲子。這可以說是專業作編曲家的必備技巧，但任何人都能做到，也都是這麼做。不過，還是需要進行一些修改，不可能原封不動使用。」

「原、原來真的是這樣……太厲害了！」

「先記住好音樂的感覺，然後摸索屬於自己的模樣。每個人都是循著這樣的過程慢慢累積實力。妳知道這本書嗎？我最喜歡的藤子・F・不二雄老師拿給手塚治虫老師看的原稿，就深受手塚治虫老師的影響，幾乎就是臨摹之作。不過，正因為他已**將最完美的作品深植於大腦，才能順利找到屬於自己的風格**並創作了許多名作。所以，模仿喜歡的東西完全沒有問題。」

～～*～*～*～*～*

「我要教妳的技巧、知識和應用都講解完了。接下來就要看妳如何應用這些技巧進行創作。下一步是最後階段，也就是『作曲方法』。」

「嗯。終於來了……」

這十二天裡，我學到很多知識，終於到創作曲子的階段了。

「最後階段從明天開始，為期兩天。這是課程中最精彩的部分！」

「嗯！啊、這樣的話，要不要乾脆住宿一晚？」

「？」

其實我之前就想提議了。

「喔、喔，好唷。住誰家呢？」

咦？小珠的反應很奇怪……

「住我家沒問題，但不知道小珠家行不行？」

「啊、嗯……我問問看。晚點傳訊息聯絡，其實都可以啦。」

「？好。」

我站在門口向小珠揮手告別之後，騎上自行車沿著熟悉的路慢慢騎回家。說起來，這條已經走過好多次的路線，明天就是最後一次了吧。想到這裡，腦海中一下子浮現各種回憶。

傍晚時分，感受著冬天的寒風拂過臉龐，繼續往回家的路前行。

今天就到這裡結束。

珠美的 提醒

「風格重組」簡單說就是這種感覺

「風格重組」是指挑選兩首不同風格的歌曲，其中一首取它的旋律，另一首則取貝斯，再將兩者結合在一起的技巧。實際使用時可能需要微調，但請先理解概念！

流行風旋律
D 調
流行兼搖滾風
搖滾風貝斯

可愛風旋律
E 調
可愛兼時尚風
時尚風貝斯

將各自從原曲取出的部分結合起來，做出一首可愛兼搖滾風的歌曲！

可愛風旋律
搖滾風貝斯

這樣不行。
必須調整成同一個音調。

加入
風格重組
技巧

搖滾風貝斯
將原本D調的貝斯整體提高，調整至E調
搖滾風貝斯

可愛風旋律
搖滾風貝斯

可愛兼搖滾風的歌曲完成！

最懂小珠的彩葉（下集）

……

妳許了什麼願望？
嗯？啊，希望今年也有很多好玩的事。

咦？幹嘛啦！什麼表情…

小珠不是應該許更……怎麼說呢……
所以我在妳眼裡到底是什麼樣的人？

第13天

作曲夜宿營（上篇）

——十點　準備

「早安，小珠。」

「嘿，妳來啦。」

我像往常一樣來到小珠家。不過，今天有點不同。作曲課程即將結束，最後衝刺階段要進行密集練習。

……其實是以此為借口的夜宿營。

「心情上比平常更加興奮！」

「嗯。彩葉有帶點心嗎？」

「有！啊，這是我媽給府上的一點小意思。好像是綜合口味的銅鑼燒。」

「耶！太好了！我們一起吃吧！」

「咦？那個……好啊。」

不知不覺中已經過了十多天，今天是最後一堂了。總覺得有點寂寞。

「先總結一下……我覺得妳到目前為止都表現得很棒。」

「謝謝。一直受到小珠的幫忙，真的非常感謝。」

「截至目前為止所教的東西，已經涵蓋了作曲必備的基礎知識。好比是所有零件都準備齊全了的狀態。」

「雖然我沒有真的感覺自己可以做出曲子……」

「嗯。因為零件齊全還不夠，還要懂得組裝方法，否則也做不出來。所以，今天該是驗收成果的時候，我們要用之前教過的所有東西，創作出一首曲子。」

「嗯。請多多指教！」

「那就開始吧！做出妳喜歡的曲子，彩葉！」

「好！……什麼!?」

現在是準備放生，讓我自生自滅嗎？不會吧!?我知道大概又是小珠一貫風格的玩笑話。

「……妳在開玩笑吧？」

「沒有喔，妳必須自己完成。」

「什、什麼……」

怎麼辦呢？通常都會接著問「辦不到對吧？」，可是卻沒有問我……

「我要教妳的最後一課是**『獨立思考』**。前天妳已經嘗試過獨立思考，而現在是所有要素都已經備齊。只要好好思考，妳肯定有能力創作出一首曲子。」

「嗯……但我擔心會跟前天的情況一樣。」

「先回想一下，之前教過哪些東西？」

「那個……」

我學過的東西……

「嗯……學了很多東西，不過不知道從哪個開始說起……」

「哪個印象最深刻呢？」

「這個嘛……」

印象最深的是……唔、那個……總不能說我們鬧得不愉快的那次吧。

「……這幾天學的東西印象最深刻吧，音調、風格重組等等。」

「嗯。這幾個也是很重要的概念。的確，因為講過太多東西，所以一時之間答不上來也很正常。好吧，我們來回顧一下。」

「好。」

「之前講過回想自己喜歡的事物、音樂理論的意義與必要性、電影和作曲的相似處、聽音記譜的方法、音調、旋律與曲子結構，還有風格重組。這些妳都記得嗎？」

「唔……嗯，大概記得。」

「把這些全部用上，就能做出原創曲了。」

——十一點　概念發想

「來試試看吧。首先，想一想自己喜歡的事物。」

「自己喜歡的事物……是指音樂方面嗎？」

「什麼都可以。不是音樂方面也可以。只要是自己喜歡的事物。」

「喜歡的事物……貓、起司蛋糕、優酪乳……」

「嗯。還要再深刻一點，自己感動的事物才行。像是吃起司蛋糕時會很感動。」

「令我感動的事物……遊樂園大遊行、少女漫畫……呃……還有……」

「還有很多對吧！校外教學、畢業典禮、電玩遊戲的大結局、每週滿心期待的電視劇、深深被觸動的繪畫、某人寫給自己的信、渴望擁有的衣服和飾品等。」

「真的很多耶。」

「首先，要回想一下當時的那份感動。」

令我感動的事物實在太多，但仔細回想細節卻想不起來。感到興奮的事……有趣的經驗……

「……期待聖誕老人送禮物的聖誕夜也可以嗎？」

「喔！當然可以。這可能是最深刻的一次感動，非常好呢。」

「是吧！既令人興奮又期待呢！」

「不論從電影或從自身經驗都可以，要**盡量把感動或悸動的心情找回來。這將成為創作的原點。它是作曲上最需要的東西，也是創作者『想傳達的東西』。深入回憶那份感動吧**。」

「嗯。我想寫一首會讓人欣喜雀躍，以小時候期待聖誕老人來訪為意象的曲子。」

「好呀，先記下來，寫在這張紙上。」

「要寫下來嗎？」

「嗯。這次作曲的發想概念是『期待聖誕老人來訪的雀躍心情』。」

為什麼要特地寫下來呢？

「不要懷疑……把它寫下來是為了確定目標。」

「確定目標？」

「因為『音』是一個很難掌控的東西。在發想各種有趣的創意點子時，往往會不小心偏離目標。**雖然是好點子，但偏離原本的設定就是不行。所以要寫下來提醒自己。**用料理比喻的話就是決定『做哪道料理』。例如決定做咖哩料理，若臨時起意把布丁加進咖哩可能不太妙吧？」

「嗯，不太妙……」

「咖哩料理一般不適合加入布丁。但布丁很美味，忍不住會想怎麼把它加入料理裡。於是慢慢偏離原本的設定，結果做出一道白飯上竟然放了布丁的奇怪料理。」

「啊……可以想像那個畫面……」

「所以才要寫下來。記住妳的目標是『期待聖誕老人來訪的雀躍心情』。合乎這個目標的點子才能採用。當感覺快要迷失方向時，就拿這張紙出來，回想一下什麼最重要、怎麼做才能更符合目標，重新調整再繼續創作。簡言之，它就是一個引導標誌。」

原來如此……我以為就這麼一個概念，應該不容易忘記，但似乎並非如此呢。

「那麼繼續下一步吧。有了『想傳達的東西』還不夠，不過也有例外。但以目前的情況來說還不夠。」

「咦、什麼不夠……我不太懂。」

「因為呢，雖然這個主題很好，但稍嫌普通了？」

「啊……好像是……」

「還記得第二堂課提到的『音樂理論的意義與必要性』嗎？」

「突然想不起來是講什麼……」

「『正因為了解正確的規則，才能故意犯錯』，用喜劇舉例說明呀，想起來了嗎？」

「啊！想起來了！」

「嗯，還說到如何增加意外性。這裡就讓它派上用場。若用一般方式來寫『期待聖誕老人來訪的雀躍心情』，妳知道會變成什麼樣的曲子嗎？」

「一般方式？」

「對。」

「這個嘛……講到聖誕老人……通常會聯想到〈Jingle Bell〉，或〈Santa Claus Is Coming to Town〉吧。」

「這兩首就是按照一般方式表現『期待聖誕老人來訪的雀躍心情』。所以要增加意外性，但該用哪種反轉手法才會被認為是「故意犯錯」呢？」

「唔……」

故意犯錯呀……意外性……

「比如說很搖滾風的聖誕音樂!?」

「太老套了，很一般耶。」

「唔……嗯……」

好像真的很老套。好苦惱……

「順帶一提，這裡是至關重要的環節。這將決定曲子是有趣或無聊。」

「嗯。我的直覺也是如此，感覺愈來愈有音樂性了。」

「現在先不用想音樂的事。」

「咦？」

「彩葉剛是不是有說『很搖滾風的聖誕音樂』？從說出這句話的那一刻，妳的思考方式就已經偏離了。」

「……呃……有嗎？」

「有。這時候還不需要想音樂的問題，只要思考『想要傳達的東西』就好。到目前為止都能夠理解嗎？我現在要講創作中相當重要的部分。」

「喔、嗯。」

「妳已經訂下主題，接下來應該是想如何加入第二堂課的『故意犯錯』元素。搖滾風的聖誕音樂太不著邊際。**要給『想要傳達的東西』本身添加一些戲劇性。**」

「……？」

「我換句話說吧，『期待聖誕老人來訪的雀躍心情』具體是什麼樣的情景呢？」

「情景？……嗯，在家裡吃著聖誕蛋糕，客廳有一顆聖誕樹，還有禮物襪子之類的……」

「嗯，這種『一般情景』就是『稀鬆平常的聖誕節』。」

「啊！對耶。」

「就以稀鬆平常的聖誕節為標準，**加入一些不太尋常的元素**。例如呢……主角是誰？」

「主角？這麼嘛……沒有特別設想……應該是小時候的我？」

「嗯，換掉吧。」

「換掉？」

「對。主角換人的話，視角當然也會改變。除了自己以外，有沒有別的視角？」

「這樣呀……嗯……從聖誕老人的視角？或是從扮成聖誕老人的老爸視角？」

「很好，就是這樣！」

「馴鹿眼中的聖誕節呢？」

「但是就跟〈Rudolph the Red-Nosed Reindeer〉這首歌一樣了。不過這個著眼點很好。」

「啊，那樣的話，『想再次相信世上有聖誕老人而準備入眠的十六歲的我』可以嗎？」

「太棒了！就是這樣！」

「啊，真的可以嗎!?」

「很棒呀！為『期待聖誕老人來訪的雀躍心情』增加了一層新的含義。現在這首歌的概念已經不是普通的童謠，而是彩葉幻想的一個特別情境！」

「幻想!?」

「沒錯。非常棒。快點寫下來。在『期待聖誕老人來訪的雀躍心情』下面寫『想再次相信世上有聖誕老人而準備入眠的十六歲的我』。……快點！」

「啊!?喔，嗯。」

我照小珠說的，把它寫下來了。雖然不太明白小珠為何對我說的話反應這麼大，不過這似乎是很好的建議……

「嗯，漸漸成形了，妳看這份筆記。」

「嗯。我正在看。」

看著自己寫的筆記內容，還來不及回應時，小珠又接著問……

「有沒有聽到？」

「聽到什麼？」

「就是曲子啊！」

「咦？」

糟了，我跟小珠完全不在同一個頻率上，根本不知道她在說什麼……

「小珠，呃……可不可以講慢一點？」

「嗯？啊！沒關係，我知道了。不過說真的，聽妳描述這個概念的時候，我已經能夠想像曲子的樂音了。但不用理會我，純粹是職業病發作。」

「啊哈哈……」

好、好危險啊……小珠剛的樣子就是她工作時的樣子嗎!?

「不過，目前還是不知道曲子最終會變成什麼樣子……」

「嗯。」

「所以要用第三堂課的內容。」

「第三堂……是什麼內容呢？」

「我們看完電影後講的內容啊。」

「喔。我們討論電影好不好看……」

我記得說到交流觀後感想……我覺得很難拿捏談話氣氛。啊，就是這個，還有會不會因為別人的意見而改變自己的想法……咦？這對現在有什麼幫助呢？

「我講過『音樂與電影非常相似』，對吧？」

「……啊，我想起來了！」

小珠的確有說過……

「看好了，故事在這個階段將更進一步具體化。十六歲的山波彩葉，在半大不小的年紀想再次相信聖誕老人的存在。曲子的故事細節將就此決定。」

「什麼半大不小的年紀……」

「是半大不小啊！妳要有自信。**『浪漫』是描繪音樂時的重要顏料之一**。擁有大量這種顏料的人很強大。十六歲還敢說出想要創作以聖誕老人為主題的曲子，就不是一件容易的事情。」

「呃，妳是挖苦我還是稱讚我？」

「當然。我是真心稱讚。比起那些裝模作樣的人，妳很率直浪漫，又帶有懷舊感。不必勉強自己裝成熟。**音樂之所以有價值，就是因為它保有理想性**。」

「嗯。謝謝誇獎。」

我現在的心情好微妙啊……其實變成熟一點也很好呢。

「在第三天，我們一起思考如何做出有故事的音樂。還有，**音樂必須有一定的結構和情節**。這好像是在第十天講過的內容吧？」

「是A段旋律、B段旋律，還有副歌？」

「對。想想看各個段落應該出現什麼劇情？這是為了創作旋律而進行的架構布局作業。每個作曲家下意識會做的事。所以這首歌的故事是……」

「這個嘛……」

忽然被問倒了。會是什麼樣的故事呢？唉，我本來就沒想過這些，當然說不出所以然。

「嗯。沒想過耶……」

「當然是沒想過啊。所以現在要編故事。妳覺得什麼樣的故事好呢？」

「呃……」

這就是所謂的創作了吧……我絞盡腦汁思考，但完全沒有半點想法。

「不用想得太複雜。先想看看這首歌最棒的一幕會是什麼情景吧？」

「聖誕老人趁我熟睡時來到我家放禮物，然後早上起床發現禮物……」

「故事中的聖誕老人是真實存在？還是童話？」

「咦？」

為何要這麼問呢？

「我是問妳想寫什麼樣的故事。是世上沒有聖誕老人，但仍然相信有聖誕老人的故事，還是真的見到了聖誕老人的故事？這部分會大大影響曲子的走向。」

「喔。也許相信有聖誕老人比較好吧。真的見到聖誕老人就失去童話感了。」

「嗯。故事就往相信的方向發展吧。也就是說，扮成聖誕老人的某個人來到妳家放禮物，早晨起來發現禮物的那一刻就是最重要的場景，是吧？」

「是。世上其實沒有聖誕老人，但有好事發生，這種感覺好像不錯。」

「很好。可以再深入一點，具體來說好事是什麼樣的事情呢？」

「嗯……這個嘛……」

「這種時候要盡量想像各種可能性。例如，也許主角不一定是彩葉，也包括這種可能性。只要符合筆記裡寫的內容，就不至於偏離方向。」

「好。」

「**思考各種可能性……也就是設定故事的創意面。**而這就是一切的基礎。」

「嗯……那，比方說這個……」

「嗯。」

「原本不相信世上有聖誕老人，直到聖誕老人去他家……」

「原來如此，還不錯。」

「但不夠有理想性。」

「不會，這感覺不錯。反過來想，彩葉為了『仍然相信世上有聖誕老人的朋友』，努力做什麼事情的情節，如何？」

「哇！這個想法不錯耶！」

「但是，有點偏離主題了。」

「會嗎？」

「雖然不至於完全不行，但最好**讓人有被打動的感覺**。」

「說的也是……」

「嗯。」

「再比如說……」

「嗯。」

「昨晚扮成聖誕老人給朋友一個驚喜，早上回到家後，意外發現自己也收到聖誕老人送來的禮物？」

「喔，很好耶！**沒錯，就是這樣。有一個很有趣的結局**。」

「太好了！」

「這個故事讓我想到……也有可能那個朋友其實是配合彩葉，才假裝相信世上有聖誕老人，暗裡反過來給她一個驚喜。」

「喔——我發現的禮物其實是我的朋友給我的驚喜？很棒的反轉耶。」

「是不是會比較有趣呢？」

「嗯。」

「彩葉，可以說一下整個故事的概要嗎？」

「那個……」

總結一下剛剛說的……

「為了讓不相信世上有聖誕老人的朋友嚇一跳，我扮成聖誕老人送禮物到她家，回到家後意外發現自己也收到聖誕老人的禮物，其實那是朋友暗裡給我的驚喜……」

「嗯，不過彩葉不知道是朋友送的禮物可能更有浪漫色彩喔。」

「對耶。最後變成是我相信世上有聖誕老人了！這樣的設定很有趣呢。」

「雛型漸漸清晰可見了呢。」

「真的嗎？」

「這裡我們用了第三天的內容『音樂與電影非常相似』。這樣一來主角還有反派（對手）、配角、世界觀等元素就確定下來了。A段旋律→B段旋律→副歌的結構也浮現了。」

「嗯。也就是說呢……我是做為主角的旋律……而做為對手角色的那個朋友就是小珠，所以小珠是貝斯……」

「啊，那個朋友是我喔？」

「對阿。」

「喔喔……」

怎麼了？我說了什麼奇怪的話嗎？小珠的表情有點怪……

「然後呢，配角們是同班同學、或我爸媽。世界觀就是我們居住的這座城市，對吧？」

「嗯。只是沒想到我也要插一腳。」

「因為會做出這種事的人大概只有小珠啊。」

「被妳這麼一說好像也是。嗯。那我就接下這個角色吧。那麼，A段旋律、B段旋律、副歌各有怎樣的開展呢？」

「這裡是最苦惱的地方吧？」

「嗯。所以，最好從已經確定的地方開始著手。」

「已經確定的地方？」

「就是彩葉把禮物送到朋友家，回到家後發現自己也收到禮物，這裡就是副歌的故事吧？」

「啊，嗯，這裡是副歌。」

「確定副歌的故事之後，就可以往回推演出A段旋律的故事。」

「那個嘛……是小珠說『世上沒有聖誕老人』嗎？」

「沒錯。從一名現實主義者否定聖誕老人的存在展開故事，是A段旋律的部分。」

「也不需要到那種程度……」

「沒關係，**畢竟是創作，大膽表現會更有趣**吧？」

「嗯，說的也是。」

「接著B段旋律是『彩葉裝扮成聖誕老人』給小珠驚喜的一幕。」

「對。就是這樣。」

……是說我也計畫過要給小珠驚喜耶。雖然最後以失敗收場。

「然後在C段旋律，也就是副歌，實際採取行動。由彩葉扮的聖誕老人趁我熟睡時把我一直很想要的馴鹿帽子禮物放在床頭，然後悄悄地離開了。但是隔天起床後，彩葉的床頭竟然也有一份禮物。」

……原來小珠很想要馴鹿帽子啊。下次送給她。

「嗯，就是那樣。太好了！感覺是一首很棒的歌！」

「對呀！妳看曲子輪廓已經出來了耶！貝斯、和聲等部分留到實際作曲時再決定就可以了。這樣一來整體架構便完美成形了。我很會總結吧？」

「嗯。好期待開始製作！」

下午三點　寫旋律

「我們終於走到這一步。知道要做什麼樣的曲子之後，就可以開始作曲了。」

「嗯。我有預感會做出不錯的曲子。」

「實際上，對我來說，作曲到這裡已經接近尾聲了。」

「什麼!?」

「我並不是特例，很多作曲家也跟我一樣，因為經驗夠多，因此實際把構想寫成曲子的過程幾乎不需要花費太多腦力。重要的是，必須仔細思考『要創作什麼樣的曲子』，只要訂好目標，接下來就剩下再熟悉不過的作曲軟體操作。從專業作曲者的角度來看大致是如此。」

「是、是喔……對我而言最難的部分卻是從這裡開始……」

「嗯，我理解。**不過，掌握技術不難，得有創意才能脫穎而出。**現在的彩葉正處於學習技術的階段，所以會那樣想很正常。等到哪天能夠按照自己的想法作曲時，必定也會有相同的困擾。追根究底，作曲的核心可以說完全取決於創意。」

「嗯，我大概明白。」

「那麼就來實際作曲吧。目前已有明確的目標，接下來就可以付諸實行。」

「嗯。」

「妳覺得應該從哪一部分開始著手？」

「嗯……旋律？」

「沒錯。就是用哼歌的方式。」

「好。」

於是，我開始構思旋律。哼哼～嗯……嗯哼—嗯……好像不太妙。

「怎麼樣都覺得不好，我想不出來……」

「等等，再努力試一下吧。」

「嗯。」

……哼哼—嗯哼嗯哼……嗯嗯嗯～♪啊，哼哼—嗯哼嗯哼嗯……這樣如何呢……

「這樣好像還可以……妳覺得呢？」

「好不好由彩葉決定。」

「呃……」

這就是最令我困擾的地方。

「自己判斷好或不好的確很困難。有時也說不準。這時候可以參考一下這個，彩葉。」

「咦？」

然後小珠再次拿出那張筆記示意我看。

「『期待聖誕老人來訪的雀躍心情』、『想再次相信世上有聖誕老人而準備入眠的十六歲的我』？」

「雖然設置了各種巧妙的安排，但最終彩葉相信世上有聖誕老人。這氛圍正是這首歌的『正確答案』。就算對自己的判斷感到不安，只要符合這上面寫的感覺就沒問題。當好像快要忘記曲子的概念時，就拿出這張紙來看。這就是為什麼一定要寫下來的原因。現在，再思考一下這個旋律吧。」

「嗯。」

我重新構思旋律。心想這樣的話……哼哼哼嗯哼哼哼嗯，哼—哼—嗯哼嗯……哼哼哼嗯哼哼嗯啦啦啦嗯啦—嗯啦嗯……感覺好像不錯，但有點俗氣？

「小珠聽聽看這樣如何？……哼哼哼嗯哼哼哼嗯，哼—哼—嗯哼嗯……哼哼哼嗯哼哼哼嗯啦啦啦嗯啦—嗯啦嗯……會俗氣嗎？」

「喔，不錯呢。感覺很好。黏膩煩人但又浪漫，帶有奇妙的古怪感。」

「……這算是誇獎嗎？」

「是誇獎。旋律古怪是指很有個人風格的意思。**模仿別人絕對寫不出這種帶有自我色彩的旋律。**可以說是最珍貴的旋律呢。」

「嗯。那我就用這種感覺繼續寫下去。」

「覺得不錯的旋律都要記下來喔。包含不經意哼出來的音。現在這個旋律的『音調』也很明確了對吧？哪個調呢？」

「呃……是什麼調呢？」

「用鍵盤彈彈看就會知道了。看看是使用哪些白鍵和黑鍵，再對照那張音調一覽表就可以找到答案。同時，也能分辨這個音調可用哪些音及不可用哪些音。很多細節都大抵已定啦。A段和B段旋律就照著這個音調來寫。」

「喔喔——原來如此。」

我想出來的副歌旋律應該要用以G音為起始音的調。

「嗯。副歌和音調都確定下來了。副歌感覺相當不錯耶。一般來說，**副歌要有高潮起伏感，也就是說音高必須夠高。這種『氣氛高潮起伏感』是非常重要的關鍵。**若讓我大致描述**流行歌曲**的**副歌特性**，應該就是**『音高愈高，情緒愈高漲』。A段旋律**是**情緒張力不高，B段旋律**則是**情緒張力**不斷**堆疊升高，進入副歌後**一下子**爆發開來**。流行歌曲的結構通常都有一定的模式。」

「原來如此。」

「依據這樣的結構來寫吧。接下來妳想怎麼做呢？」

「那……來想A段？」

「可以。」

「但可不可以給我一些提示？」

「嗯。很簡單啊。先回想一下A段旋律的故事。只能用這首歌的音調，也就是G調中的音的話……旋律會是什麼樣呢？」

「喔、嗯，真的耶，意外地有很多線索可循。」

「沒錯，就像玩填字遊戲一樣，已知數愈多，答案也就呼之欲出。重要的是不要忘記最初的線索，就能準確寫出符合發想概念的旋律。另外，A段旋律盡量不要使用太高的音，因為副歌是全曲的高潮，不宜搶了副歌的風采。但副歌的高潮必須與副歌前的B段旋律配合，慢慢疊加情緒，然後瞬間爆發出來，這樣才有戲劇性。」

「原來如此。」

就小珠所說，A段旋律其實有不少限制。我們先前討論了很多，原來都是為了不要迷失方向所做的準備。當線索很明確時就不必猶豫不決。可選擇的音只有G調裡面的音共是七個。

「是啊。龍貓和阿拉丁的A段旋律都很平靜，音也比較低。」

「對吧。但副歌比較高。雖然原理簡單，但肯定不會出錯，流行樂只要照這樣做就可以觸發共鳴感。」

「那A段旋律應該是這種感覺吧……」

我邊說邊在鍵盤上彈出旋律。

「嗯。不錯耶。不過這裡有一個小訣竅。例如龍貓的歌曲，A段旋律的開頭『誰かが　こっそり（是誰　悄悄地）』。妳仔細聽，こっそり的り以外的音只是重複上一句的音。只有『り』的音變高而已。」

「哇──真的耶！」

「在音樂上稱為**『音樂動機』，是指把一小段樂句稍微改變一下，反覆使用的手法。**這樣做就是讓歌曲重複相同的內容，但又以不同的形式呈現，因此比較容易留下印象，成為一聽就能記住而且容易傳唱的歌曲。」

「……容易傳唱的歌曲！」

原來前天我再怎麼努力都無法讓曲子琅琅上口的原因，就是這個!?

「其實，**歌曲容易傳唱的原因來自於一個讓人便於記憶的機制，那就是『音樂動機』。**只要做到音樂動機完美融入旋律，讓聽眾沒有察覺到的程度，就能夠讓歌曲變得容易傳唱。有些人天賦異稟很擅長寫這樣的旋律，有些人則是憑藉音樂規則。不管你屬於哪種，實際上做的事情沒什麼不同。龍貓就是一個明顯的例子。副歌的『トットロ！ トットーロ！（豆豆龍！豆豆—龍！）』就是連續四次的音樂動機都一樣，連歌詞都沒變。所以只聽一次就很難忘記。」

「原……原來如此，真的耶。」

的確。愈深入思考就愈認同小珠說的話。這首歌一直反覆著同樣的音樂動機呢。

「我之前似乎誤解了，以為旋律隨著歌曲的推進必須不斷發生變化……」

「很不可思議吧。明明非常相似，卻絲毫沒有一直反覆同樣樂句的感覺。」

「對！怎麼能夠做到這種程度？由我來做的話，可能只會單純地重複……」

「祕訣就是貝斯。」

小珠彷彿等待此刻已久般滔滔不絕地說。

「這邊需要回想一下第三天講的內容，是關於主角和反派的關係性，也就是旋律和貝斯。

比方說，旋律（彩葉）說：『聖誕老人真好』，貝斯（我）回應說：『可是聖誕老人不存在啦』，然後在下一個樂句中，彩葉又重述一遍說：『不過，聖誕老人真好對吧？』，而這次我的回應變成：『如果我也相信就好了』。之後的第三次、第四次也是這種感覺，雖然旋律沒有改變，但故事發生變化了。這樣一來，**即使不斷重複旋律，也不會只是單純地重複而已，會持續將故事推展下去。**但是，若主角跟反派都反覆著一模一樣的對話，就會變成單調冗長且無意義的反覆樂句。這就是『重複著相同旋律但聽起來不像重複』的機制。」

「……明白了。」

每件事的背後都有理由原因呢。

「常言道『實踐重於理論』。我們再聆聽一遍A段旋律吧。聽起來這個A段似乎有點雜亂無章，或者說看不出旋律會怎麼發展……」

「嗯，也沒有重複的地方。」

「也不是說一定要重複才是正確答案，不過妳若覺得那樣好就往那個方向做沒關係。最初寫的筆記才是答案的根源，創作時要做為依據，思考應該要重視哪些元素，才能做出自己想要的『那種感覺』。」

「……」

……我重寫A段旋律的部分。這次試著加進一些重複樂句，還把部分片段稍作修改。嗯，就像這種感覺吧。

「喔，很好耶。就像這種感覺。」

「嗯，太好了。」

「彩葉，不要分心喔。旋律必須一口氣完成才行。我們順勢也來寫B段旋律吧。」

「好。B段旋律是……『我扮成聖誕老人送禮物到她家』？」

「嗯。暫時先不用考慮與A段是否連貫。B段要表現出細膩的情感變化。描繪『要給對方驚喜』的興奮感，還有裝扮成聖誕老人走在街上的景象。雖然現實中沒有馴鹿或雪橇，但既然是童話世界，要坐上馴鹿或雪橇都可以，畫面感應該都不錯。從空中俯瞰夜晚的街景也很美，帶聽眾身臨其境的任務就是B段旋律的功能。」

「嗯，我開始感到興奮又期待了！」

「哈哈，就是要有那種感覺。這種時候最好從較低的音開始，然後逐漸向上推升迎向副歌。這樣就會有一種身體被拉抬到空中的感覺。」

「哇——！」

「**旋律是主角的情緒投射，要用歌唱表達出來。**因此，當希望提振情緒時，旋律就必須跟著營造一種向上帶動的氛圍。這點其實不說也能意會，很重要。另外，只能用G調裡面的音。使用這個音調中的任何音就沒問題。」

「好，這樣的感覺可以嗎？」

於是我寫了又刪，反覆幾遍之後，終於找到自己可以接受的B段旋律。

「嗯，就是這樣，很好。從不是很有情緒起伏的A段旋律，接到開頭稍微壓低一些的B段旋律，然後快速推升迎向副歌的感覺。接著就是副歌！」

「嗯，還不錯耶！」

「嗯嗯，雖然是練習，但真的是相當不錯的旋律。」

「啊，小珠等我一下，副歌的部分，我有信心可以做得更好。」

「嗯，很棒喔，有野心就更棒了。」

「副歌也是用剛說的『音樂動機』嗎？就是旋律重複出現的技巧，對吧？」

「對，**音樂動機放在任何一個地方都可以發揮它的效果**。」

「那麼這樣可能更好。妳看，副歌後半的地方，我把前半部分的樂句稍微改了一下。」

「嗯，不錯喔。還有沒有其他想修改的地方呢？」

「還有呢、還有……」

在反覆檢查之後，我仔細調整了旋律，並遵照小珠說的唯一規則『只能用G調裡面的音』。

實際上，只憑這個規則，就已經相當有模有樣了。

——晚上八點　晚餐時間

「晚餐吃披薩耶。」

「太棒了，披薩很好吃。」

「嗯，披薩很好吃。」

「不好意思占用妳家的廚房，所以吃這個正好。」

「我爸媽本來還說要大家一起吃，但被我拒絕了。」

「為什麼？」

「我爸媽很囉唆，講話有時不顧別人的心情。所以我不想跟他們一起吃。」

「是喔。不過小珠，妳有沒有萬一被父母洩露出去會覺得很想死的糗事？」

「當然有。而且我想不只我家吧。比如，我以前吊兒郎當啦、房間亂七八糟之類，那些經歷他們一個都不會遺漏全部記得，而且跟外人說時還會加油添醋，總是把我惹毛。」

「嗯，我大概懂。」

「很愛看小孩被惹毛的樣子。拿小孩尋開心。」

「哈哈，很好啊。」

「嗯？好什麼？」

「小珠也有孩子氣的時候。」

「咦？怎麼說？」

「我以為妳會坦然接受啊。」

「才不呢。我好歹也是正值青春年華的高中生耶。很少請假、認真讀書、談戀愛……跟普通高中生沒兩樣。」

「小珠談過戀愛？」

「我才不跟妳說！喂，別想套我的話！」

「哎呀——我好奇嘛。小珠喜歡哪種類型呢？」

「我才不跟妳說！再追問的話，小心被我看穿妳喜歡誰喔！我的觀察力可是很敏銳。」

「哇！饒了我吧！」

「呵呵，我的**觀察力**就是**靠音樂培養**出來。**我可是不折不扣的專業音樂人呢。**」

「我真心佩服妳。」

「嗯？這沒什麼啦……我只是照自己的方式做過各種努力。」

「不，這可不是努力就能辦到。跟妳聊過之後，會慚愧自己到底在幹嘛……但是，我感覺現在比較了解自己了。」

「妳不要全盤接納我說的每句話，彩葉。」

「咦？」

小珠忽然用略為嚴肅的語氣說道。

「我的話也不全然都對，有些對我自己有意義，但不見得別人也是這樣。雖然是我發自內心的肺腑之言，有時卻得不到任何迴響。舉例來說，我認為自己說的話很有道理，但妳可能半信半疑。妳覺得為什麼會這樣呢？」

「呃……我完全不知道耶……為什麼呢？不過，我覺得小珠說的話都很有道理。」

「原因在於有沒有實際『體驗』。我經歷過一些事情，並且有深刻的體會，也想把這些經歷一一跟彩葉分享。但是，在沒有體驗過的人眼中，這些只不過是那個人的『成功理論』，不可能適用在自己身上。」

「……我好像有點懂妳的意思。」

「其實我說的話根本不算什麼，世上有許多寫得很棒的書，作者會把他畢生的經驗融入寫作中，好的想法數不勝數，但大多數人看完並沒有採取任何行動。希望上完課之後，彩葉能學以致用持續下去。」

「……那要怎麼做？」

「『思考，然後創作』，把這個想法傳授給妳是我的目標。我不需要妳崇拜、或成為誰的偶像。只希望課程結束之後，妳能夠滿懷信心開始創作，這也是我給自己的挑戰。」

「嗯。我還是覺得小珠很厲害。我希望成為能夠獨立思考、創作音樂的人。」

「所以，**不要只是滿足於學會方法。『知道了』或『懂了』都不足掛齒，要『做得到』才稱得上是創作者。**」

「嗯。」

「……在未來的日子，很希望看到彩葉持續創作，用自己的方式消化我曾說過的話，並成為真正的音樂人，就真的太棒了。」

「嗯，雖然路還很漫長……」

「不會。我能做到，相信妳也可以。別忘了我過去曾經是一個做什麼都失敗的人呢。」

——晚上十點　寫貝斯

「哇，已經這麼晚了呢。」

「晚上十點……了耶。」

開始有過夜的感覺了，真期待。

「怎麼洗澡？」

「嗯？洗澡？要洗嗎？」

「啊，不洗嗎？」

「喔……冬天嘛，不洗也沒關係吧。」

「是嗎？可是我連睡衣都帶來了。」

「哎呀呀，妳當做是畢業旅行啊！好吧，妳都這樣說了，我奉陪到底！既然如此，就來辦夜宿營吧！不掃妳的興致。」

「嗯！」

「但洗澡要再等一下。先繼續作曲。」

「什麼——」

好吧……夜宿的目的本來就是作曲嘛。

「來吧，是說我們進行到哪裡了？旋律完成了對吧？」

「嗯。我覺得是一段很好的旋律！」

花相當多時間完成旋律了。感覺保有原創性，個人覺得寫得不錯。

「那就播放出來聽聽看吧。」

「好。」

於是，喇叭傳出我寫的旋律。……嗯，奇怪，怎麼會？這個旋律是……

「小珠，這個是我寫的？」

「是啊。」

這種感覺……彷彿似曾相識……對了，就是前天我自己嘗試作曲的感覺。剛剛還覺得必定會是一首名曲，現在再聽卻覺得完全不是什麼好歌……又來了……

「小珠……那個……這個旋律……」

「嗯，怎麼了嗎？」

「好像不太對……」

「有嗎？妳的錯覺？」

「唉……可是……」

怎麼辦……該怎麼說才好呢？

「看來妳又卡在相同的地方了吧。妳是不是在想『這不是原來的旋律』？」

「喔，對。」

「我告訴妳為什麼會有那個現象吧。那是因為妳的大腦自動『腦補』了的關係。」

「腦補？」

「這是作曲時常遇到的普遍現象，把它當成一種概念，記起來就好。意思是妳的大腦會擅自『自動響起伴奏』。」

「自動響起伴奏？」

「沒錯，而且只有妳聽得到，我就聽不到。所以這首曲子對我來說跟剛剛沒有任何差異。」

「先等一下，妳是說我的大腦會自動伴奏？」

「嗯。然後在我們吃披薩的時候消失了。因為妳大腦想像中的伴奏不見了，所以現在聽起來也就變得稍微不一樣。」

「……好像是耶。

仔細想想有可能喔。難怪加進貝斯的時候，會出現「不是這個音」的感覺，大概也是大腦想告訴我「這個不是正確答案」吧。

「是不是趁還沒忘記時，要趕快編貝斯和其他和聲樂器呢？」

「當然不是。只有高手能辦到喔。」

「咦？」

然後小珠遞給我一張空白紙。

「請在紙上畫一隻寫實的貓熊。」

「咦？貓熊？也太突然了吧……」

……為何是貓熊呢？

「下筆之前先想一下貓熊的樣子。可以嗎？」

「嗯。」

「畫得出來嗎？」

「應該吧。」

「好，畫吧。貓熊喔。」

小珠總會冒出一些奇怪的話，反正畫畫看吧。貓熊……貓熊……貓熊長什麼樣子？奇怪了，剛才還記得貓熊的長相……嗯？那個……咦？看起來像貓熊嗎？耳朵好像是這樣吧？眼睛、輪廓、下巴、鼻子……黑白分布和比例呢？貓熊吃竹子吧？啊，糟了，一點都不像。

「完成了嗎？」

「……完成了，但……」

「啊哈哈哈！畫得真爛！」

「別笑！我也知道，不要再笑了啦！」

「哈哈哈！噗！好怪……我就知道會這樣，但還是要妳畫畫看，不做就不知道結果。」

「怎麼回事？」

小珠笑到停不下來，只好暫停先調整呼吸，才繼續說道。

「……腦海是不是明明浮現貓熊的樣子，但畫出來卻完全不像貓熊？不覺得很奇怪嗎？」

「到底是怎麼回事？」

「**那是因為我們捕捉到的只是一個印象，並不是實際的樣子。**這不僅是繪畫上會出現的現象，音樂上也是如此。腦海中響起的理想貝斯或和聲，就好比是寫實的貓熊。但是，當把它具體呈現出來的時候，不知為何就走鐘變形了。」

「……嗯。」

「就像彩葉之前嘗試作曲時寫下的貝斯。那個貝斯跟妳畫的貓熊是一樣的道理。」

「原……原來如此！」

那個貝斯跟貓熊一樣……貝斯聽起來不該是這樣！

「那個感覺不太對的貝斯，是初學者幾乎都會碰到的困境。所以，初學者只能用初學者的做法來突破這個問題。」

「也就是說……」

「如果要畫出逼真的貓熊，妳會怎麼做呢？」

「嗯……邊看貓熊的照片邊畫？」

「沒錯。而且**要認真臨摹。這就是在妳成為高手之前最重要的訓練**，練成之後幾乎不需要任何參考就能畫出來。」

……我盯著自己畫的奇怪貓熊。原來如此。只憑想像就會變成這樣。

「還有，完成這首歌會需要使用的技巧。」

「什麼技巧？」

「昨天教的祕技。」

「……風格重組？」

「對。還記得風格重組是什麼樣的技巧嗎？」

呃……是怎樣呢……

「……像是把一首曲子的旋律和另一首曲子的貝斯結合在一起？」

「沒錯。貝斯旋律線就用這個方法吧。旋律用剛才彩葉寫的那個旋律。」

「好。」

「就概念上，這裡的貝斯角色應該要符合反派形象，但是對於初學者來說實在太困難了，所以必須使用風格重組的手法。也就是把某首歌曲裡的『貝斯』借用過來的感覺。也許不是最理想的貝斯，但為了突破難關，先這樣處理沒關係。等到哪天能獨立完成作曲時，就可以隨心所欲編寫了。」

「好，明白了。」

「貝斯很大程度上決定了歌曲的氛圍。妳在寫出一堆不能用的貝斯之後，應該能體會吧。」

「呃……嗯。」

「這首曲子要呈現什麼樣的氣氛？」

「啊……這個嘛……」

形象方面嘛……應該很柔和又充滿希望，會讓人心情變好……

「怎麼辦，我覺得妳會說很老套。」

「嗯？」

「用龍貓的貝斯來風格重組如何？」

「嗯，選得好。其實我覺得這應該是最好的選擇。」

「真的嗎？」

「因為這首歌一點也不複雜。很搭妳的旋律。」

「好。那……嗯，接下來該做什麼呢？」

「首先要將〈My Neighbor Totoro〉的貝斯聽音記譜下來。」

「對耶……之前也是從這裡開始。」

於是，我開始聽音記譜。聽了才發現……咦？這貝斯意外地很單純耶。

「小珠，這也太簡單了吧！」

「對啊，很單純的貝斯。」

「嗯。」

太好了。這樣的話……聽音記譜也不會太辛苦。話說，我的耳朵開始聽得到貝斯的聲音了。

然後我大概花了三十分鐘，把貝斯的部分聽音記譜了下來。

兩個禮拜前什麼也聽不到呢。

「嗯，沒什麼大問題呢。」

「我好像漸漸習慣了。」

「這首是F調，而妳的旋律是G調，硬把兩個湊在一起一定不好聽。……該怎麼辦呢？」

「讓〈My Neighbor Totoro〉貝斯配合我的音調呢？」

「沒錯。將〈My Neighbor Totoro〉貝斯往上調高一個音就會變成G調。這樣一來，〈My Neighbor Totoro〉的貝斯就變成妳這首曲子的貝斯了。然後跟旋律一起放出來聽聽看……」

「嗯……」

聽到我的旋律以及貝斯了呢。

「是說……」

「？」

「這樣就是一首曲子了耶！」

「對。」

「我可以說是我的曲子了嗎？」

「嗯。終於有曲子的感覺了。」

「太棒了！是曲子耶！哇嗚——!!」

「哈哈哈哈！貨真價實的曲子！」

嚇到我了。我的旋律與龍貓的貝斯合在一起的瞬間，立刻有了那種獨特的氛圍，而且仍然是我的曲子。那種懷舊溫暖的氛圍……

「不過妳再仔細聽一下。這首曲子因為借用了龍貓的貝斯，所以果然還是有點不自然吧？」

「對耶，雖然只是一點點，但的確是……」

「妳可以自己修改呀。」

「咦？可以嗎？」

「這段貝斯寫得很好，但並不是為妳的旋律量身訂做。所以當然需要一點調整。不那樣做的話，妳也無法接受吧？」

「沒錯，想讓它更貼合我的旋律。」

小珠提出來的問題，確實是我也很在意的部分。於是，我試著修改幾個貝斯音。

「應該是這樣……」

「妳可以不斷修改，直到滿意為止。這首曲子的正確答案只有妳知道。」

「嗯。我需要一點時間。」

我繼續進行一些調整。漸漸地，這個貝斯就融入我的旋律中。它已經不再是龍貓的貝斯，而是我的曲子的貝斯。

「……小珠。」

「？」

「……太厲害了，這個風格重組……」

「厲害吧。」

「真的太讚了。真的變成我的曲子了……」

「對吧，這就是所謂的『體驗』。光是聽解說，還是很難理解風格重組。不過透過這樣的實際體驗，就會明白它的厲害。只要用風格重組技巧，就能借用各種不同音樂類型的氛圍，妳現在可以想像了吧？」

「嗯。那不就是說只要用這個方法，什麼音樂都能做出來嗎？」

夢的足跡_final.wav

「基本上是。我第一次知道風格重組的時候，也有相同的感想。」

「嗯。因為啊……我對音樂依舊是一竅不通，但卻能……」

「我知道，妳冷靜一點。又不是曲子已經完成了。從這裡開始才好玩呢。」

「喔!?」

「終於到了這一步。再加把勁，今天一定要完成。」

第14天

作曲夜宿營（下篇）

「完成旋律和貝斯之後，曲子的樣子也大抵清晰了呢。感覺很不錯。」

「嗯，我很喜歡這首曲子。」

感覺之前種種的努力一下子都得到回報了。太神奇了。

「下一步要『編寫和聲』。」

「這個也會用到風格重組嗎？」

「這個呀……不使用風格重組。」

「喔？」

「雖然也可以使用這種方法，但屬於中級技巧，所以這次不用。等妳更加熟悉作曲，並且對音樂架構有更深層的理解之後，再學和聲的風格重組也不遲。相對於貝斯的風格重組而言，和聲涉及到更多層面的細節，不是初學者能夠掌握，所以自己編寫和聲反而比較好。」

「原來如此……不過，會不會又發生『走鐘的貓熊』問題呢？」

「其實不會。」

小珠把手放在琴鍵上。

「關於和聲呢，有一個簡單配和聲的方法。」

然後小珠把曲子播放出來，同時用單手隨意彈出一些旋律。

「小珠隨興彈就是一段旋律呢。」

「彩葉也可以吧？」

「呃，不可能啦。我不會彈鋼琴。」

「妳還記得我曾經說過什麼嗎？……就算不會彈鋼琴，其實還是能彈出旋律。」

「……？」

有說過嗎？

「應該是音調概念的時候呀。」

「有嗎？」

「沒關係，我幫你複習一下。講到音調概念時候，我有說過『只要是該音調裡的音，基本上就不會有錯』。還說過『以即興演奏的心情彈奏』，還記得嗎？」

「……喔！有！我想起來了。」

「也就是說，現在彩葉在創作一首G調的曲子。在背景響起貝斯的情況下，妳可以隨心所欲地彈出喜歡的旋律。比如像這樣……」

於是小珠實際示範一遍。只彈G調裡面的音，彈奏出隨意的旋律。

「就像這種感覺，妳也來試試看。」

「嗯。」

我也試著隨意彈出零散的音。雖然未經深思，但聽起來已經有正確答案的感覺。

「真的耶……」

「有複習十二個音調真是太好了，連運指也順暢許多。彩葉現在已經知道怎麼在曲子上隨興添加旋律了吧？」

「嗯。只要彈G調裡面的音，聽起來都很搭呢。」

「另外，和聲在旋律和貝斯已經有兩個音的狀態下，再加上其他一或兩個音就完成了。之前有講過還記得嗎？也就是說，當隨意彈另一段旋律時，就能大致了解第三個音會是什麼音，也就能為這首曲子定下初步的和弦。」

「咦，什麼意思？」

「我們現在要在曲子裡加進一段新的旋律，隨意彈就可以了。就像剛剛那樣零散彈出來的感覺。」

「好。」

「雖然也可能發生新加進的音與旋律和貝斯形成三音重疊的情況，但大致還是能感覺到是什麼和聲。接著同時按下這個和聲的全部的音。」

「……原來如此。不過這麼粗略可以嗎？」

「只要好好選聽起來舒服的音就沒問題。**正確答案取決於作曲者對舒服悅耳的定義**。除了這個之外，什麼都可以不要相信。」

「……嗯。明白了。」

「換妳做做看。我先去洗澡。」

「喔，好。慢慢洗唷。」

然後小珠離開房間。我按照小珠剛才的示範，試著在曲子裡加進一些零散的旋律。

「喔，太棒了。這個好有趣喔。」

沒想到只要遵守只用G調裡面的音，就有自己好像會彈鋼琴的錯覺。哇，太厲害了。這是什麼情況？

「難道我其實會彈鋼琴？」

感覺可以一直彈下去耶。音樂有這麼簡單，這麼不拘小節嗎？欸？不是應該更複雜嗎？

「哇唔——」

小珠教我的方法到底略過多少理論？我現在竟然可以做出很像樣的曲子，實在不可思議到讓人有點不安……但是……實際上曲子的確成形了。

「太……太開心了。」

我繼續在G調範圍裡追加一些旋律音，然後感覺更加豐富，愈來愈貼近我想要的風格了。

～～*～*～*～*～*

「呼──好舒服啊。」

「洗好了呀。」

「狀況如何？」

「太棒了，好好玩喔。」

我寫了另一段旋律，又加入一些聽起來不錯的和音。

「喔，很棒耶，感覺很不錯。層次變得豐富，明顯更像一首曲子了。」

「嗯！」

「換妳洗澡吧。水若冷掉還要重新加熱就有點麻煩了……」

「嗯，那我去洗澡了喔。」

「去吧。」

於是我帶著替換衣服踏出房門朝浴室走去。小珠的家人好像已經進入夢鄉，我盡可能不發出聲響悄悄路過。

「小珠家的浴室好大啊。」

很舒適的寬敞空間。洗手台很乾淨，浴缸大到可以躺下伸展雙腳。

「哼嗯哼嗯哼哼─，嗯嗯─♪」

我不知不覺哼起剛寫好的旋律。

「呼───」

啊，好舒服。泡澡最棒了，哈哈。

我抬頭看著浴室天花板上的水滴，邊回想這些日子。在短短兩週的時間裡，我學到很多東西，也掌握一些技巧。這一切都是小珠的功勞。真的很感激，不知道該說什麼才好。我應該用什麼來回報她呢？在我快要放棄的時候，她首度向我展示脆弱的一面，對我那些丟臉的行為也一笑置之，始終沒有放棄我，直到今天。

……剩最後一哩路，我清楚知道自己一直是接受幫助的一方。

（咔嗒！浴室門開了。）

「彩葉，我把浴巾放在這喔。」

「喔!?」

「怎麼了？」

「忽然開門嚇到我了啦！」

「啊，抱歉。對了，我做了宵夜，待會一起吃吧！」

「好，謝謝！」

呼，嚇我一跳……

——清晨兩點　寫節奏

「就快完成了。」

「嗯。」

我播放正在成形中的曲子。原創的旋律，從龍貓的歌曲借用過來但變成耳目一新的低音部，還有另一段旋律，及不太明確的伴奏和聲。這些加起來已經是一首完整的曲子了。

「差不多了呢。不過，從這裡開始還會發生更戲劇性的變化喔。」

「什麼？這樣已經很好了耶。」

「接下來登場的是『節奏』。」

「節奏？」

「就是加入鼓組。」

「……！」

對耶，總覺得少了什麼東西，原來是鼓組！

「真的耶！差點漏掉這麼重要的部分了！」

「因為鼓組的部分沒有所謂的音程，所以不會干擾到旋律或和聲。通常我會放最後，但每個人的想法都不同，也由於鼓組會深深影響曲子的整體氣氛，所以也有從鼓組開始著手。」

「嗯。」

「節奏……以這首曲子來說就是指**鼓組，能賦予曲子律動感**。」

「律動感？」

「嗯。就這個層面上，可以說鼓組在風格重組時具有重大影響力。妳聽聽看這個。」

語畢，小珠利用作曲軟體進行示範，然後鼓的聲音就……哇！

「小、小、小珠！」

「怎麼啦？」

「曲子！我、我的曲子……」

「怎麼了嗎？」

「太正點了！」

「對吧，加入鼓組之後一下子就不一樣了！」

「哇啊啊啊啊！太厲害了！鼓組太厲害了！」

「現在就是一首完整的曲子了喔！」

咦!?怎麼回事？小珠剛剛做了什麼動作？一瞬間就出現鼓組的聲音了耶……

「小珠，現在這個鼓聲是……」

「這個啊，我只是試著把現成的節奏模型套用進去而已。」

「節奏模型？」

「幾乎所有的作曲軟體裡都有內建模型，利用軟體裡的功能就可以直接貼上各式節奏模型。從搖滾、爵士、森巴到流行樂、拉丁樂等，幾乎所有的音樂類型都有。試一下這個看看。」

小珠說完後又套用別的節奏模型。加入爵士樂的節奏之後，曲子氣氛瞬間時髦了起來。

「真的耶……截然不同！」

「硬式搖滾風會是這種感覺。……妳聽，是不是連旋律的氛圍都變得很不一樣？」

「真的耶……光是鼓組就有這麼巨大的改變……」

「鼓組是掌管曲子的律動感，也是確立世界觀的重要角色。可以營造典雅，或激烈、或可愛、或動感等氛圍。這首曲子適合可愛又充滿活力的感覺。所以呢……」

小珠邊說邊挑選鼓組的聲音。

「小珠，鼓的聲音有好多種音色，難道不用一個一個輸入嗎？」

「熟悉之後最好是那樣做沒錯。但彩葉現在還不熟悉，所以要利用現成的『節奏模型』進行修改。等到充分理解鼓組的組成與運作以後，再自己一個一個輸入編寫吧。這與『走鐘的貓熊』的道理相同。首先應該觀察範例，等臨摹到唯妙唯肖的程度時就可以隨自己喜好。」

「嗯。」

「順便一提，即使是選擇現成的節奏模式，編輯時還是有許多細節。像是進入副歌前加強聲音的變化、A段旋律保持正常、B段旋律突然安靜下來然後在後半瞬間爆發等，這些如潮水般的波動起伏，都與鼓組有很大的關連。然而，編輯時相當依靠音樂品味，但畢竟有這麼多的節奏模型，應該可以挑選到喜歡的模型。」

「好。」

不論哪一個都不會出錯的感覺。是因為沒有旋律嗎？……不過，我確實也隱約感覺到某些節奏跟我的曲子很合，有些則明顯不太搭。

「這個部分很有趣耶。」

「對吧。做出自己滿意的程度就好了。仔細想想怎樣的節奏最適合曲子的整體構成。」

——清晨五點　完成

窗外傳來鳥兒的啾啾聲。小珠陪我挑燈夜戰，不知不覺已是清晨。我仔細地反覆聆聽旋律、貝斯、和聲與節奏，然後一點一點地修改。雖然一整晚都沒睡，但我完全沒有睡意。

「小珠……」

「什麼事？」

「這樣就算完成了吧？」

「……妳忘記一件很重要的部分。」

「咦？」

「曲名啊。」

「啊，對耶。」

「來取曲名吧，順便寫上日期。這首曲子對彩葉的意義重大，大概一輩子都不會忘記。」

「沒錯。……曲名嘛……嗯……」

我將浮現腦海的名字直接說了出來。

「『倆人的禮物』如何？」

「『倆人的禮物』……好像不錯。我喜歡。」

「嗯。」

「把完成的曲子播放出來聽聽看吧。這是彩葉的創作曲：『倆人的禮物』。」

流動的旋律，層疊的音。我已經不記得聽了多少遍了，但那反覆聆聽許多次的旋律、貝斯、和聲及節奏，現在終於有了一個完整的形狀。

雖然無法與專業音樂人做的曲子相提並論，不過毋庸置疑可稱上是曲子。我完成人生第一首曲子，完全屬於我的曲子。

「小珠……」

「怎麼了？」

「我覺得**作曲是一件讓人興奮又愉快的事情。**」

「沒錯。」

「想要更加厲害……」

「嗯嗯。我也是。」

——隔天上午八點

早上八點，太陽已升起多時。作曲夜宿營圓滿完成，但也意味著作曲課程全部結束了。我和小珠站在她家門前交談著。

「是說沒想到真的能完成一首曲子，說實在的我也很驚訝。」

「嗯。我到現在還有點半信半疑。」

「而且成品很令人感動呢。」

「應該是因為使用了風格重組的緣故。我覺得多虧有龍貓那首歌曲呢。」

「嗯，我明白。」

朝陽映照在雪地上，照亮了我倆的臉龐。我認真地對著小珠說。

「小珠，我呢、我……雖然還不夠格成為妳的音樂夥伴，但我會更加努力，就算進步有限也要繼續追上妳的作曲水平，所以……日後還有不明白的地方，能問妳嗎？」

「……」

小珠先是露出疑惑的表情，很快又展開我從未見過的溫柔微笑。

「**已經很足夠了。妳不需要努力。不用從我身上學什麼東西，而且我也不想當妳的老師了。**」

「什麼！？」

「我不想當彩葉的老師，想當朋友。所以不會再幫妳上課了啦。」

「……好吧。」

「隨時歡迎妳來玩喔。下次來就不是上課，是找我玩喔。」

「好。」

「對了，還有一件希望妳能牢記在心的事。」

「嗯？」

小珠像是給畢業生送上祝福的姿態，用溫柔的聲音說道。

「正因為嚮往自由創作，不想受人指導的想法，才能成為一名創作者。老實說，我覺得教別人作曲實在太難了。大多想學作曲的人都會買書自學，或上一些作曲課程，**做了許多努力『學習』作曲**，但有**這種想法本身就錯了**。不僅是作曲，所有形式的創作都一樣，當真正接觸創作之後才會嘗到喜悅的滋味。但是，如果對前來請教的人說這句話，可能會讓對方感到失望。

因此，我才會在教完各種技術和知識之後，最後必須提醒妳這點。我想從今以後，彩葉在作曲方面還會碰上許多苦惱。妳可能會迷惘，或學到一些奇怪方法，無論如何都無所謂，包含那些偏離創作或失敗的經驗在內，都將成為滋養作品的珍貴精華。妳對我教過的東西**全部都可以抱持懷疑，只相信自己找到或創造出的東西，及實際體驗過的感動**。這世上沒有比這些更真實的事物了。就連我現在說的話也是，在妳親身體會這番話的意思之前，都只是空談而已。這就是我最後一堂課的內容。」

「……好。我會好好記住。真的，非常謝謝妳，小珠。」

「不客氣。」

「嗯。」

「恭喜妳完成人生第一次作曲！」

高中二年級的寒假。對我而言，這兩個禮拜是一段難以忘懷的時光。

路邊的積雪在陽光照耀下顯得格外耀眼，反射在我跟小珠身上。課程結束了，我卻還不想回家，跟小珠繼續天南地北地聊下去。

課程就到這裡為止。

○尾聲

隔天，一月七日。寒假結束，新的學期開始了。

「小——珠！早安！」

「喔喔，早啊……」

早上八點十五分，我來到小珠家。

「彩、彩葉？怎麼了？」

「什麼怎麼了，接妳一起上學啊！」

「咦、喔，喔喔……」

小珠好像有點驚訝。因為我沒有跟她約。但實在很想跟小珠一起上學，所以來到小珠家了。

這是自結業式那天以來，再度穿著制服並肩而行。現在我們已經熟悉到幾乎不記得那天尷尬的場面了。

穿過天橋，沿著坡道往上走。迎面而來的風有些微涼，但柔和的陽光帶來了溫暖。

「……這是我長這麼大以來第一次和同學一起上學。」

「什麼!?真的嗎!?」

「嗯。國一不曾有過，升上國二開始就有些格格不入……之後一直都是一個人……」

小珠脖子上掛著一副看起來很堅固，像在暗示「不要跟我搭話」的耳機。

「啊！喂！還給我！」

我趁小珠不注意，把她的耳機拿了下來。

「咦?小珠，妳是不想被別人打擾才戴上耳機嗎?但我覺得不太需要耶。」

「不是，並不是因為這樣才特地……」

「那就借給我吧。」

「……可以啊。」

「啊，妳看!那三人不是我們班的嘛。大家一起走吧。」

「不、不用！我說不用了!不要啦，彩葉！」

看著小珠慌張的神情，我有點試探性地說道。

「小珠既然都可以跟我變熟，跟大家一定也能正常聊天吧?」

「嗯……可是……」

「可是什麼?」

「……不知道該怎麼說，我和彩葉已經能深入交談，也能互相理解，不過和其他同學就很難了吧？也許氣氛又會變得尷尬……」

「……」

「……」

「……小珠真的是很奇怪的人。」

「嗯……我知道啊。」

「我不是那個意思。我覺得妳頭腦那麼好，也很能同理我的心情，但為什麼無法主動跟同學講話呢？」

「……這種事情也有分天生很會跟不會的人嘛。」

「是這樣嗎？」

「沒關係。有彩葉就足夠了。」

「但妳不會寂寞嗎？」

「不會啊，因為有妳在。」

「……嗯。」

總覺得「朋友」是很理所當然的存在，但從小珠嘴裡說出卻變得相當珍貴。原來如此，我跟小珠已經是朋友了呢。

「……小珠啊，跟班上的同學好好相處吧！」

「什麼!?不用勉強啦！」

「我想小珠也會覺得很開心呢。」

「沒關係，我覺得不需要。」

「來嘛，我們和她們一起走到學校。」

我強行拉著小珠的手催促她。

「我知道了！知道了啦！主、主動搭話就可以了吧？」

「嗯。」

「……那……呃……怎麼辦……彩葉妳……那個……怎麼搭話……教我一下……一開始要說什麼才好呢？」

「說什麼喔……」

「嗯。」

「很簡單啊。」

「……」

「……話說，好像不太需要我教耶。」

「？不需要嗎？」

我故意裝腔作勢，帶有一點惡作劇的心情說道。

「創作者不是『與其受人指導，更傾向自己創造』對吧？」

「可惡……妳這是班門弄斧！我簡直是搬石頭砸自己的腳……」

「嘿嘿。但是，其實小珠會的，只要勇敢踏出一步，不是嗎？」

「……呃，可惡……」

「啊，不過要教也可以啦，但明明很簡單啊……」

「啊！我知道了！只不過是開口搭話嘛！」

「嗯！對呀，不愧是小珠呢。」

我的確還沒有完全理解那些話裡的含義。只是，我有稍微意會了。**不管是喜歡的東西，或想做的事，都不應該等別人來指導。重要的是有沒有實際行動，還有……**

「那……那個……啊……要和我們……一起……走嗎？」

鼓起一點勇氣了。

完

後記

我是仰木日向。本書成書的契機源自 YAMAHA MUSIC MEDIA 的總編輯 K 先生的提議。我們初次會晤是在高田馬場的會議室裡，K 先生把幾本音樂理論書攤開在桌面上，然後說：「這些書，我想您應該都看過吧……」。接著又說：「雖然這些書標榜專為初學者撰寫，但遺憾的是，對初學者來說還是太難了」。

音樂理論書必須確保不會傳達錯誤的知識，因此有時需要用比實際複雜的方式書寫。此外，對於專業音樂人來說，寫一本給初學者學習的書其實相當困難（畢竟，一般專業人士並不擅長寫作）。

因此我們達成共識，希望從新的角度來探討這個問題，於是有了《作曲少女》的成書提案。本書以小說形式，貼近初學者的真實情況，深入探討實際上會遇到的種種問題，並提出解決方案。相信能引起許多人的共鳴，一本有別於一般音樂書籍的音樂創作小說。本書或許並非至善至美，但無疑是我秉持初衷概念及盡我所能完成的最好作品。很好奇各位的閱後感想，希望各位會喜歡故事設定，並且實際寫出一首曲子，若能如此，本書的目的就達成了。即使沒有寫出曲子，只要能帶來一點幫助或啟發，亦甚感榮幸。

最後，我想表達感謝之意，首先感謝K先生，在我感到不耐煩的時候，依然耐心地協助我完成稿子。感謝插畫家，幫本書繪製非常可愛的插圖。還要感謝服部克久老師百忙之中閱讀原稿，並提供寶貴意見和感想。還有，所有參與本書製作、出版和銷售的工作夥伴們，無論我們是否見過面，都由衷地感謝你們的付出。

願本書能為各位帶來靈感啟發，勇敢展開某個新冒險的契機。

此外，也期待彩葉和珠美今後繼續創作好聽的歌曲。

2016年5月

仰木日向

國家圖書館出版品預行編目資料

作曲少女/仰木日向著；廖芸珮譯. -- 初版. -- 臺北市：易博士文化, 城邦文化事業股份有限公司出版：英屬蓋曼群島商家庭傳媒股份有限公司城邦分公司發行,2024.06
面； 公分
譯自：作曲少女~平凡な私が14日間で曲を作れるようになった話~
ISBN 978-986-480-370-5(第1冊：平裝)
861.57 113005435

作曲少女：14 天做出來？我、我一點音樂底子都沒有呢，可以嗎？

原著書名／作曲少女～平凡な私が 14 日間で曲を作れるようになった話～
原出版社／YAMAHA MUSIC ENTERTAINMENT HOLDINGS, INC.
作者／仰木日向
繪者／まつだひかり
譯者／廖芸珮
選書人／蕭麗媛
主編／鄭雁聿

總編輯／蕭麗媛
發行人／何飛鵬
出版／易博士文化
城邦文化事業股份有限公司
台北市南港區昆陽街 16 號 4 樓
電話：(02) 2500-7008 傳真：(02) 2502-7676
E-mail：ct_easybooks@hmg.com.tw
發行／英屬蓋曼群島商家庭傳媒股份有限公司城邦分公司
台北市南港區昆陽街 16 號 5 樓
書虫客服服務專線：(02)2500-7718、2500-7719
服務時間：周一至週五上午 0900:00-12:00；下午 13:30-17:00
24 小時傳真服務：(02)2500-1990、2500-1991
讀者服務信箱：service@readingclub.com.tw
劃撥帳號：19863813
戶名：書虫股份有限公司
香港發行所／城邦（香港）出版集團有限公司
香港九龍土瓜灣土瓜灣道 86 號順聯工業大廈 6 樓 A 室
電話：(852)2508-6231 傳真：(852)2578-9337
E-mail：hkcite@biznetvigator.com
馬新發行所／城邦（馬新）出版集團【Cite (M) Sdn. Bhd.】
41, Jalan Radin Anum, Bandar Baru Sri Petaling, 57000 Kuala Lumpur, Malaysia.
電話：(603)9056-3833 傳真：(603)9057-6622
E-mail：services@cite.my

視覺總監／陳栩椿
製版印刷／卡樂彩色製版印刷有限公司

■ 2024 年 06 月 25 日初版
ISBN 978-986-480-370-5
ISBN：9789864803729（EPUB）
定價 500 元 HK$167

Printed in Taiwan